六時の鐘《かね》が鳴ったとき

少女たちの戦《せん》争《そう》体《たい》験《けん》

作　井《いの》上《うえ》夕《ゆう》香《か》　　絵　エヴァーソン朋子《ともこ》

てらいんく

六時の鐘《かね》が鳴ったとき——少女たちの戦争体験《せんそうたいけん》

もくじ

KISSES
KISSES

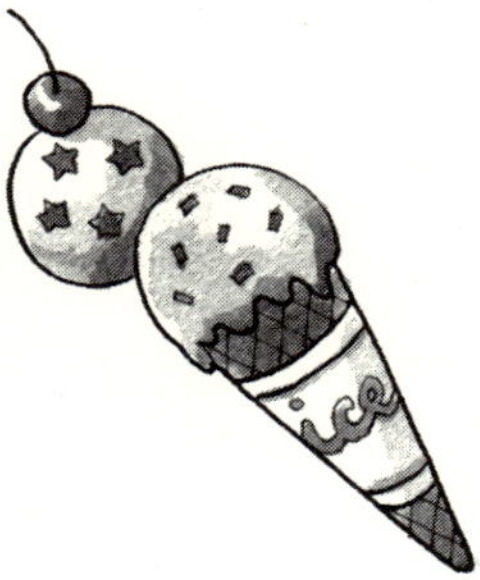
ice

ぜいたくはすてきだ

おばさんの家のそばの空き地に、大きな木が一本たっている。

白樫《しらかし》に似《に》た木で、一年じゅうざわざわと葉《は》っぱがしげっている。

ゴツゴツしたまがりくねった幹《みき》はすべりにくく、下から順《じゅん》に足をかけていくと、ゆうこのような女の子にもかんたんにのぼれてしまう。

五つめの枝《えだ》が、ゆうこのお気にいりだった。太いつけ根《ね》にほどよいくぼみがあって、その先が足の形のふたまたになっている。

くぼみにうまくおしりを落《お》ちつけると、そこはもう、すてきなゆうこの居場所《いばしょ》となった。

木の上から下を見下ろすと、あたりはまるで別《べつ》の世界《せかい》に見えた。

いつもは見えない竜雲寺《りゅううんじ》さんの広い庭《にわ》も、鐘《かね》つき堂《どう》も、庫裏《くり》のむこうのひょうたん池も、その先に広がる町の風景《ふうけい》も、さえぎるものなく目に飛《と》びこんでくる。

にぎやかに人びとが出入りするスーパー。

ファストフードのチキンショップ。

ブランドもののスポーツウエアをあつかう高級洋服店《こうきゅうようふくてん》。

ゆうこの大好《だいす》きなアイスクリーム屋《や》さんの屋根《やね》も見える。

チョコ。ペパーミント。ストロベリー。オレンジ。ナッツ&《アンド》バナナ。ごきげんなアイスが三十種類《しゅるい》もならんでいるみりょくてきなお店だ。

風見鶏《かざみどり》のサインは、フランス料理屋《りょうりや》さんだ。

めったに行けないぜいたくなお店だが、おばさんにせがんで一度《いちど》だけつれていってもらったことがある。

こぢんまりとして品《ひん》のよい店内。

クラシックなインテリア。

ボーイさんにかしずかれてとるフルコースのお食事《しょくじ》は最高《さいこう》だった。

(ほんと！　あそこではじめて食べたココナツスフレの味《あじ》、一生わすれないわ)

ゆうこは、ふと視線《しせん》をかえた。

（そういえば、あのふしぎな形の石……）

あの石を見つけたのも、この木の上からだった。

土まんじゅうを重《かさ》ねたようなみょうな石……青みをおびた石がふたつ、まるでふたごのようにくっつきあっている。

沈丁花《じんちょうげ》の木のかげで、ひっそり苔《こけ》むしているかわった石のことを、いつだったかゆうこはおばさんにたずねたことがある。

が、答えはもどってこなかった。

「ああ、この石ねえ……」

おばさんはことばをにごして遠くを見た。

それっきりゆうこは聞くのをやめた。なんだか聞いてはいけないようなことをたずねたような気がしたからだ。

おばさんは、ゆうこがこの木にのぼることに反対《はんたい》だ。

理由《りゆう》はよくはわからないけれど、なんでも昔《むかし》、この木から落《お》ちたことがあるらしい。

そのときのショックがもとで、大きくなるまで口をきかなかった、と近所《きんじょ》の人から聞いたことがある。

ゆうこがおばさんの家にくるようになってから、もう四年の時がたつ。はじめて泊《と》まりにきたのは、八歳《さい》のとき、母さんに死《し》にわかれてすぐだった。

それいらい、父さんの帰りがおそいとき、父さんが帰ってこないとき、友だちにいじめられたとき、病気《びょうき》になったとき、おなかがすいたとき、なんとなくたださびしくなったとき、ゆうこは、見えない糸に引かれるようにして、おばさんの家にやってきた。

おばさんの家の子のように、おばさんの家のまわりで遊《あそ》んだ。

おばさんの家の子のように、おばさんの家で食べ、おばさんの家の子のようにおばさんにわがままを言い、おばさんに甘《あま》えた。

おばさんは、母さんの職場《しょくば》の先輩《せんぱい》だった。

十三も年がちがうのに、まるで姉妹のようになかよしだった。

おばさんは、いまでは会社をやめ、やさしいご主人《しゅじん》と暮《く》らしながら竜雲寺《りゅううんじ》さんを手《て》伝《つだ》っている。

おかげでゆうこまでが、お坊《ぼう》さまからかわいがられている。

ゆうこはおばさんの料理《りょうり》が好《す》きだった。

田舎《いなか》ふうのおそうざい。いもの煮《に》っころがしや、ひじきの煮たの。五目ご飯《はん》。きんぴらごぼう。魚のみそづけ。

外で食べる食事《しょくじ》とちがって、見ためは悪《わる》かったが、思わずご飯をおかわりしたくなるほど食欲《しょくよく》が出た。

(おばさんの作る田舎料理はとってもおいしい)

ごちそうになるたび、ゆうこはそう思う。

それなのにきょう、ゆうこはおばさんの親切なさそいをことわってしまったのだ。

「ほんとにおばさんはかまわないのよ。うんと、ごちそうしてあげるから」

意気《いき》ごんで言うおばさんにゆうこは、言いにくそうに返事《へんじ》した。

「でも、いいの、おばさん」

「だって理奈《りな》ちゃんちでも、北島《きたじま》くんちでもおよばれしたんでしょう?」

「ほんとにいいの、おばさん。バースデーなんか! あたしやりたくないの」

ふたまたに腰《こし》を落《お》ちつけて、ゆうこはおばさんとの会話を思い出していた。

（そりゃ、おばさんの気持《きも》ちもわかるけど……みんなをここにはつれてこられないわ）

ゆうこはいらいらしながら、スーパーの安売《やすう》りのキュロットスカートを見つめた。

新しいときはまだよかったけれど一度《いちど》あらったら毛ばだってクシャクシャ。

スニーカーの底《そこ》もぺちゃんこ。

（一足しかないんだもの、無理《むり》ないわ）

ゆうこは理奈《りな》ちゃんが誕生日《たんじょうび》に着《き》ていたヒラヒラのすてきなドレスのことを思い出した。

（あたしも一度、着てみたい）

一週間前によばれた理奈ちゃんちのすばらしいバースデーパーティー。

（北島《きたじま》くん。としちゃん。ゆうすけくん。あゆみ……みんな、びっくりしていたわ。

だって、お手伝《てつだ》いさんまでたのんで豪華《ごうか》なお祝《いわ》いをしたのだもの。

きれいなママにかしずかれて、理奈ときたら、まるでアイドルみたいだった）

ゆうこはうらやましかった。

涙《なみだ》が出るほどうらやましかった。

（やっぱりあの子たち、こんなところにはつれてこられないわ）

ゆうこはおばさんの家の古びたテーブルやぼろざぶとんを思いうかべた。

(だからって、あたしのうちじゃなおひどい。父さんにでも見つかったら大さわぎになる)

ゆうこの父さんは、お酒《さけ》飲《の》みだ。

お酒を飲むときげんが悪《わる》くなる。

ひどいときはおこって、ゆうこの教科書まで壁《かべ》に投《な》げつけたりする。

だから、ゆうこは、父さんなんて、相手《あいて》にしない。

さっさと、おばさんのうちまで逃《に》げてくる。

(ああ、どうして父さんは、お酒なんか飲むの?)

ゆうこはためいきをついた。

ゆうこは考えた。

(あたし、幸《しあわ》せじゃないわ)

(第一《だいいち》、母さんがいない。クラスで母さんがいないのはあたし一人)

(それから、お金持ちじゃない。貧乏《びんぼう》。理奈ちゃんを見て! あの子はすごいぜいたく! 金のイヤリングまで持ってるの)

（それにあたし、顔もブス……かわいくない！）

ゆうこは叫《さけ》びたかった。

（世《よ》の中《なか》にはなぜめぐまれた人とそうでない人がいるの？　神様《かみさま》、なぜなの？　不公《ふこう》平《へい》だわ）

夕日がななめに、ゆうこを照《て》らし出《だ》した。

はじかれたようにゆうこは顔を上げた。

いつの間にか、夕焼《ゆうや》け。

何もかもがオレンジ色にそまって燃《も》えるようだ。

枝《えだ》ごしにまわりを見ると、葉《は》という葉が金色の炎《ほのお》をふきだして、かがやいているように見える。

ゆうこの長い髪《かみ》も、白いTシャツも、タータンチェックのキュロットも、むきだしになった腕《うで》も、みんな同じ色にそまって夕日の海の中で泳《およ》いでいる。

「きれい！」

ゆうこは思わず自分の腕に見とれた。

うぶ毛が一本いっぽん夕日にうきたっている。

まるで金髪《きんぱつ》だ。

ゆうこは少しきげんをなおし、肩《かた》からポシェットをはずした。

「そうだ、チョコレートが入ってるんだ」

銀紙《ぎんがみ》につつんだタバサのキスチョコ……

きのう、ゆうすけくんからもらった誕生日《たんじょうび》のプレゼント。

「バレンタインデーのお返《かえ》しです」

ってへたくそな字でカードがそえてあった。

「ゆうすけくん！　ありがとう」

ちょっぴりうれしくなって、ゆうこはつぶやいた。

でもまた、悲《かな》しくなってうつむいた。

（ゆうすけくんだけでもバースデーによびたかったなあ）

もしも、ゆうすけくんをよべるようなすてきな家と、しゃれたごちそうが準備《じゅんび》できれば……

（でも、無理《むり》なのよね……）

ゆうこはぶるるん、と髪の毛をゆすり、キスチョコを口に入れた。

ほろにがいチョコの味《あじ》が口いっぱいに広がった。
もうすぐ六時の鐘《かね》が鳴る。
鐘つき堂《どう》に、黒い衣《ころも》のお坊《ぼう》さまがゆっくりとのぼっていくのが見えた。

セピア色の犬

……ごぉ……ん……
鐘が鳴った。
夕ばえの空の下、しみとおるような鐘の音《ね》が波紋《はもん》のように広がっていく。
「何かしら？」
ゆうこは目をあけた。
何かを感《かん》じたのだ。ふわーっと空気がゆらぐような……
もしかしたら人には聞こえないようなひそやかな足音だったかもしれない。
そう――霊気《れいき》のような……

ゆうこはギクリとして下を見た。

何かチラチラと白いものが、へいのあたりで見えかくれしている。

沈丁花《じんちょうげ》の花のうしろに何か動物《どうぶつ》がいるような気配《けはい》がする。

ネコだろうか、いや犬だ。

たよりなげな足どりで走りだしたのは、みだれた毛並《けな》みのみすぼらしい犬だった。

「野良《のら》かしら……」

見かけない犬だ。どうしてあんなにフラフラしているのかしら……

「ピュー」

ゆうこは思わず口笛《くちぶえ》をふいた。

犬は、どうやら気づいたらしい。

いったいなんだろうというように、あたりを見まわしている。

「ここよ、ほら、見えないの?」

枝《えだ》から身《み》を乗《の》り出《だ》して、ゆうこは叫《さけ》んだ。

「待《ま》ってて、いまおりていくから」

言いながらガサガサ枝を鳴らしたときだ。

とつぜん、ゆらゆらとかげろうが犬のまわりで燃《も》えはじめた。

ドキッとして、ゆうこは目をこすった。

いったいなんということだろう。

犬の体がセピア色のセロハンのようにペナペナ光ったと思うと、そのままますきとおって見えなくなってしまったのだ。

「まさか……」

半信半疑《はんしんはんぎ》でもう一度《いちど》、下を見た。

「変《へん》ねえ、こんなことってあるかしら?」

(とにかく木からおりてみよう)

幹《みき》のこぶに用心ぶかく足をかけた。いちばん下の枝《えだ》までおり、いつものようにジャンプすれば、犬の正体をたしかめられる。

あぶなっかしい姿勢《しせい》で枝の上に立ち、ゆうこはもう一度しげみに目をやった。

が、犬の姿《すがた》はどこにも見あたらない。

「変ねえ。なんかおかしな感《かん》じ……」

気味《きみ》が悪《わる》くなってゆうこは、わざと大声を出した。

何もかもがみょうに静《しず》まりかえって、おかしな感じなのだ。

草のまばらにしげった空き地は、そこだけポカンとまるで空気がないかのように、はんなりと西日に照《て》らし出《だ》されている。

「ワンコちゃん！　そこにいるの？　いないの？　ねえ、なんとかいってよ」

いたたまれなくなって、ゆうこは叫《さけ》んだ。

声がふわんとこだました。

耳がわーんと鳴って、思わずゆうこは頭の上で枝をささえていた手をはなした。

とたんに、スニーカーの底《そこ》がすべった。

「あぶない！」

バランスをうしなったゆうこは、悲鳴《ひめい》をあげながら木から落《お》ちていった。


ひどく気持《きも》ちが悪かった。

体が鉛《なまり》のように重《おも》く、どうやっても目がひらかない。

（どうしたのかしら？）

もうろうとした頭でゆうこは考えた。

（そうだ。あのとき……）
足がすべった。
（ゆっくりと地面が近づいて……）
ゆうこは、夢《ゆめ》の中で自分を見ていた。
高速度《こうそくど》でうつした映画《えいが》のように自分の姿《すがた》が見える。
ゆうこが、長い髪《かみ》の毛《け》をなびかせながら空から落《お》ちていく。
両手《りょうて》を広げ、ムササビのように。
ゆうこは目をさまそうとした。
（起《お》きなきゃ！）
無理《むり》やり目をあけようとした。でもだめ。
底《そこ》なし沼《ぬま》に引きずりこまれていく。
（助《たす》けて！　目をさまさせて！）
必死《ひっし》になってもがいた。
すると、あの犬があらわれた。
セピア色のあの犬。

ゆうこをのぞきこむと、ちょっと首をかしげ、どこかへ消《き》えてしまった。

「あれ？」

キョロキョロしているとこんどは、目のさめるようなお花畑《はなばたけ》をかけまわっている。

月見草のみだれ咲《さ》く秋の野原で、小さな女の子とはねまわっている。

「あの子はだれかしら？」

よく見ようとすると、その子も消えてしまった。

すきとおった空気のむこうに、とびはねながら行ってしまった。

神楽殿《かぐらでん》の子

「ふん、ふん」

耳元で鼻《はな》を鳴らすような声が聞こえる。

肩《かた》のあたりをだれかがひっかいている。

（シャカ、シャカ……）

こきざみに歩きまわる、いそがしげな足音。

(なんだろう。何かがそばにいるわ)

ゆうこは目をあけようとして夢《ゆめ》の中でもがいた。

体が重《おも》い。水につかった毛布《もうふ》のようだ。

(どうしたのかしら?)

そのうち、またわからなくなった。

はっきり気がついたのは、あの子の声を聞いてからだ。

「シロ。だめ! あたいにかしな」

だれかがポシェットを引っぱっている。

「ワン、ワン……」

「静《しず》かに! 起《お》きちゃうよ」

まだあどけない声だった。

ゆうこは目をつぶったまま、ぼやっとしていた。

何が起こったのだろう。さっぱりわからない。

「ワン、ワン」

犬がほえている。
「死《し》んでるのかなあ？」
また、さっきの声だ。
だんだん意識《いしき》がはっきりしてきた。
だれかの顔がゆうこに近づいてきて、息《いき》が顔にかかった。
（死んでなんかいませんよーだ。なんとかして目をひらかなきゃ）
全身《ぜんしん》の力をかき集《あつ》めて目をこじあけた。
「あっ！」
だれかがすっとんで逃《に》げた。
やっとのことでゆうこは体を起こした。
とたんに頭がすーっとした。
まわりのものが、ゆっくりと視野《しや》に入ってくる。
土べいのそばの黄色い花のかげに、こどもの顔が見えた。
犬もいっしょだ。
同じようにしげみにもぐりこみ、同じようにこちらを見ている。

（やあね。あたしをこわがってる！）

「いいからこっちへきて！」

地面《じめん》に座《すわ》ったまま、ゆうこは手まねきした。

（それにしてもへんてこな子！）

ゆうこは思わずふきだしそうになった。

（まるで、おさるの子……）

五つか六つぐらいのこどもだった。

よごれた顔に、目だけがパッチリしていて、なんとなくおさるの赤ちゃんを思わせる。

（とにかく……）

立ち上がろうとして、ゆうこはフラッとした。

あわてて座りなおすと、パラパラと小石がとんできた。

「何するのよ！」

あわててよけると、さっきの子がにやにやしながら立ち上がった。

なんていたずらっこ！

（ゆるせない……）

「やる気？」

ゆうこはどなった。

「だったら負《ま》けないわよ」

手あたりしだいに小石をつかんで投《な》げ返《かえ》すと、こどもがしげみから飛《と》び出《だ》してきた。

犬も飛び出してきた。

「あっ」

ゆうこはハッとした。

（あれはさっきの犬だ！）

ゆうこが木の上から見た犬――ペナペナ光って消《き》えてしまったあのあやしい犬。

まちがいない。耳が片方《かたほう》よじれたようになってぶらさがっているもの。

「待《ま》って！」

とっさにゆうこは叫《さけ》んでいた。

「その犬、あんたの犬？」

「ええっ」

「その犬のことよ。あんたの犬かって聞いてるのよ」

「そうだよ。シロだもん」

目をパチッとさせて、その子は答えた。

「ずっとそこにいた？」

「いたよ。あたいの犬だもん」

かすれ声で言って、ふしぎそうに首をかしげる。

「でも、変《へん》ねえ……いいからこっちへこない？」

ゆうこが手まねきすると、こどもは近づいてきた。

用心しながら少しずつよってくる。

近くで見ると女の子らしい。

でも、それにしてもよごれほうだい。

髪《かみ》はモシャモシャだし、着《き》ているものといったら、まるで砂《すな》だらけのコンブだ。

手も足もガリガリにやせていて日に焼《や》けてまっ黒だ。

それに、なんだかくさい。なん日もおふろに入ってないみたい。

「いらっしゃい！」

ゆうこはうんとやさしく言ってみた。

女の子はニコッとした。

みそっ歯《ぱ》がこぼれて、とたんにかわいい顔になった。

「ね。この犬のことだけど……」

ゆうこは、おねえさんぽい調子でつづけた。

「うん……」

女の子はそれに答えず、いきなりポシェットを指《ゆび》さした。

「ねえ、それなあに?」

「これ?」

ポシェットを持《も》ち上《あ》げると、

「食《た》べ物《もの》だろ、よこしな」

きたない手がにゅーっと出てきた。

「だめ!」

その手をはらうと、犬がウ、ウウー、とうなった。

「ほらね!」

チビの女の子は、いばって言った。

「言うことを聞かないとシロがかみつくよ」

「あきれた！」

ゆうこはびっくりした。

なんてなまいきな子だろう。まだチビのくせに……

（六年生のわたしをおどすなんて、ゆるせないぞ）

ゆうこは、かっとなって大声を出した。

「やる気？　けんかする気？　いつだってやるわよ。こんなチビ犬ぶんなぐるぐらいわけないいんだから」

こうかはてきめんだった。

チビちゃんはとたんにしょんぼりとして、オドオドと草の上に座《すわ》りこんだ。

ワンちゃんもおとなしくなった。

前あしをそろえて、小さな飼《か》いぬしのまねをする。

「ク、クク……なあんだ！　よわむし犬なんだね。かみつくどころじゃないじゃん！」

ゆうこは笑《わら》いながらポシェットの口をひらいた。

チョコをこの子にあげようと思った。

「じゃ、手を出して！　でも三つぶだけよ」

「う、ううん、四つ！」

とっさに、女の子は言《い》い返《かえ》した。

「あたいが三つ。シロがひとつ。でもほんとは五つだよ」

「ええっ？」

「だって、あたいさっき、ひとつ食べたの」

「さっき食べたって？」

ゆうこは、聞き返した。

「うん、こぼれたとき……」

女の子は、きまり悪《わる》そうに言った。

「こぼれたときって？」

「あんたが死《し》んでたとき……」

「死んだ？……あたしが？」

「うん、死んでたときにそれがこぼれたんだよ。でも、ほんとに一こっきゃとらなかったよ、ねえ、シロ……ね、そうだもんね！」

女の子は、シロに意見《いけん》をもとめた。

（へーんな子だあ！　こんな変《へん》な子みたことない）

ゆうこは思った。

女の子は、えさをもらう子犬みたいに、ゆうこの手元をじっと見つめて動《うご》かない。

チョコを三つぶ、その小さな手にのせてやるとおしそうに少しずつなめはじめた。

間でシロにも、かけらをなめさせる。

「これ、なあに。なんていうお菓子《かし》？」

くちびるを何度《なんど》もなめまわして、女の子は聞いた。

「チョコレートよ」

「えっ？」

「チョコレート！　知らないの？」

「知らない。どうしたの？　どこでもらったの？」

「バレンタインデーのお返《かえ》しに、ゆうすけくんからもらったの」

「バレンタインデー？」

「バレンタインデーよ」

「えっ？」

「知らないの？　あんたなんにも知らないのね。バレンタインデーってほら、好《す》きな男の子に女の子がチョコレートをあげる日じゃないの」

「ふーん……」

女の子は気《き》がなさそうにうなずいた。

（ほんとに変《へん》な子！）

チョコも知らない。バレンタインデーも知らない。

それにこのきたないかっこう！

いったいどこの子かしら？

ゆうこがたずねると、女の子はにこっと笑《わら》って答えた。

「あたい？　神楽殿《かぐらでん》の子だよ」

「かぐらでん？」

ゆうこは聞《き》き返《かえ》した。

「うん、浅野《あさの》神社《じんじゃ》の神楽殿だよ」

「浅野神社って？」

「神楽殿、知らないの？」

女の子は、くるっとした目でゆうこを見て言った。

「あんた、なんにも知らないんだね」

ゆうこはあわてた。

だって、この子は、さっきゆうこが言ったことをそっくりそのまま、くちまねして言い返したのだ。

「そ、そりゃね」

ゆうこはことばをさがした。

「だって、あ、あたしね、おばさんちにきてるからね。このへんのことくわしくないの」

「ふーん。なら教えてあげるよ。あたいはチョロっていうの。みんながそうよぶんだよ。あたいのおうち、あっちのむこうの神楽殿なの。あたい、こじきのオイチャンと住《す》んでんのよ」

「こじきのオイチャン？」

「うん、げんさんだよ。知ってる？」

かぶりをふって考えた。

（浅野神社《あさのじんじゃ》……そうか。そういえば、前にお祭《まつ》りに行ったことがあるような気がする）

「じゃ、聞くけど……」

念《ねん》を押《お》すように、ゆうこは聞き返《かえ》した。

「わかった。カグラデンてマンションね。そこがあんたのおうち？」

「知らないよあたい。オイチャンに聞きなよ」

めんどくさそうに返事《へんじ》して、女の子はまた手を出した。

「それよか、あれおくれ！」

「あれ？」

「コチョレート」

「コチョ……やーだ！」

すまして言うのでゆうこは、笑《わら》いだした。

なんだかこの子がかわいくなった。

（そうだ！　この子をおばさんのうちにつれていってやろう。ケーキもあるし、きっ

とよろこぶわ）

ゆうこは考えた。われながらいい考えだと思った。

「ねえ、お姉ちゃんといっしょにこない？　チョコもっとあげるよ」

ゆうこはさそった。

「うわーい。シロもいっしょに行っていい？」

「いいにきまってる」

大声で言って立ち上がりかけたゆうこは、またフラッとした。

「どうしたの？」

心配《しんぱい》そうにチョロが聞いた。

おかしい

おかしい。なんか変《へん》だ。

歩きはじめたとたん、ゆうこは思った。

頭の中で、ぐるぐる不安《ふあん》がぶつかりあった。

(いやな感《かん》じ!)

心配《しんぱい》で胸《むね》がしめつけられるようになって、汗《あせ》がふきだした。

二十歩と行かないうちに、ゆうこの足は、言うことを聞かなくなった。

「待《ま》って……」

立ち止まってゆうこは、息《いき》をはずませた。

「何?」

チョロは立ち止まり、もどってきた。

「ここはどこ? 竜雲寺《りゅううんじ》さんとこじゃない? これお寺のへいでしょ?」

ゆうこは聞いた。

「うん、そうだよ。おテラシャンだよ」

ねこじゃらしを、ひきぬきながらチョロはキョトンとゆうこを見た。

「でしょう! でも……」

「でも、なんなのさ」

「それが……変《へん》なの。すごく……」

まとまりのない考えが、あぶくのようにふき出して頭の中が冷《つめ》たくなった。

こんなふしぎなことがあるだろうか……

たとえば、このへいだ。

ゆうこは、ドキドキしながらお寺さんのへいを見た。

ゆうこは、はっきりとおぼえている。

竜雲寺さんのへいは、長い間ボロボロだった。

が、去年《きょねん》、竜雲寺さんにお墓《はか》をもっている人たちの寄付《きふ》で、新しいへいにつくりかえられた。

たしか、黒線が、三本はいった上等《じょうとう》のへいだった。

ぜったいまちがいない。

だって、寄付のわりあてが、高すぎるとか言って、おばさんたちがさわいでいたのだもの。

それがどうだろう。

目の前にたちはだかる茶色の土べいは、くずれかけ、いまにも倒《たお》れそうになっているのをまるたん棒《ぼう》でささえられている。

それだけじゃない。へいのむこうに広がる風景《ふうけい》……あれはいったいなんなのだ?
スーパーもなければファストフードのチキン屋《や》もない。
白地に緑《みどり》のテニスクラブの立て看板《かんばん》も消《き》えている。
歩道を行き来する人の姿《すがた》も車の騒音《そうおん》もない。
へいのむこうは、変《へん》にスカンとしていて、よくたがやされた畑《はたけ》が広がっている。
遠くの竹やぶが、夕やみの中でやけに白っぽく見える。
「なんなの? これは……あたし、どこにいるの?」
汗《あせ》が冷《つめ》たく凍《こお》りついた。
「わけがわからない! ここはどこなの?」
ゆうこは目をつぶった。
こめかみが、ドキドキする。
目をあけるのがこわかった。
(ありますように!)
ゆうこは祈《いの》った。
(垣根《かきね》が見えますように。おばさんのうちのさざんかの生け垣が……)

祈りながらうしろをむいた。
ない！
予感《よかん》があたってしまった。
体じゅうの力がぬけて、目の前が、まっ暗《くら》になった。
何もない。何もない。
本当に何もない。
ここは、いったいどこなのだろう。
お寺さんはたしかにあるのに、ほかのものが何もない。
見なれた垣根もおばさんのうちもない。
せりだしたとなりのベランダも、そのむこうのしゃれたアパートも見えない。
ワンルームマンションも消えた。
それはかりではない。
なんと道までもが消えてしまっている。
コンクリートの側溝《そっこう》。
その上にちらばる落ち葉《おば》。

ほうきを片手《かたて》にいつもおばさんが掃除《そうじ》する見なれた路地《ろじ》さえもが、うそのように消《き》えてしまった。

何もかもが、そっくりなくなってしまった。

表通《おもてどお》りへとつづくすべての家いえが、いや、町そのものがそっくり、姿《すがた》をかくしてしまった。

こんなばかなことってあるだろうか？

ゆうこはその場にへたへたと座《すわ》りこんだ。

頭の中で風がゴウゴウ吹《ふ》きまくった。

耳がザアザア音を立てる。

（どうしよう！）

ゆうこは、火がついたように叫《さけ》び出《だ》した。

「おばさーん！」

「おばさーん！」

「おばさーん！」

ゆうこは自分が狂《くる》ったかとも思った。

でなければ合点《がてん》がいかなかった。

何が何やらわからないまま、ただ、あたりを行ったり来たりした。

上から見たら、その姿はきゅうにすみかをうばわれた、かわいそうなアリのように見えたことだろう。

それからのことをゆうこは、あまりおぼえていない。

あちこち歩きまわったような気がする。

へいをまわって、竜雲寺《りゅううんじ》さんの庭《にわ》から、中に入った。

「だめだよ。かってに入っては……」

知らないお坊《ぼう》さんが出てきて、たしなめた。

(やっぱり、竜雲寺さんじゃなかった)

あわてて飛《と》び出《だ》し、ゆうこはまたさまよった。

(どこか遠くにきたんだ、知らない間に……さがせばもとのところへ帰れる)

そう思い聞かせながらまた、フラフラと遠くまで歩いた。

夢《ゆめ》の中のできごとのような気がする。

どのくらい、そうしていただろう。

ゆうこはハッとわれにもどった。
いつの間にか河原《かわら》におりていた。
もつれた髪《かみ》の毛《け》が、アシの葉《は》にからまって痛《いた》い。
風が吹《ふ》きぬける。
川をわたるすずしい風が、ゆうこを正気にもどしたのだ。
気がついたとたん、声が聞こえてきた。
泣《な》き声《ごえ》だった。
(あれ!)
いっしゅん、ゆうこはとまどった。
でも、すぐにわかった。
チョロがゆうこのそばにいてしゃくりあげていた。
シロが心配《しんぱい》そうに二人につきまとっている。
「あたし、どうなったの?」
ためいきといっしょに言って、ゆうこはチョロを見つめた。
チョロがだきついてきた。

その肩《かた》をかかえて、ゆうこは何度《なんど》も同じことをくりかえした。

「どこなの？　ここはどこ？　教えて！　あたし、どこにいた？」

「木のとこだよ」

「どの木？」

「空き地の木」

「でも変《へん》なの！　わからないわ」

「なぜ、ここにいるのかぜんぜんわからない」

つぶやくように、ゆうこはくりかえした。

しばらくするとチョロがぽつんと言った。

「……木から落《お》ちたからだよ」

「落ちたから？」

「言っただろ、さっき」

「……」

「頭が変になったんだよ。オイチャンも空から落ちて頭が変になったんだもん。飛行《ひこう》機《き》ごと海に落っこったとき」

「えっ？」

「げんさん……オイチャンよ」

ゆうこは思い出した。

（オイチャンて、さっきこの子が言ってた、こじきのおじさんのことかしら）

チョロは、熱心《ねっしん》にゆうこを見つめてつづけた。

「燃《も》えたんだよ、オイチャンは……あんまり熱《あつ》くて頭がおかしくなったんだって。ほんとだよ」

勢《いきお》いこんで、チョロは話しはじめた。

「あたいだって燃えたんだよ、火事《かじ》で……」

チョロは頭をぶるんとふった。

髪《かみ》の毛《け》がわかれてハゲが見えた。

「ここが、焼《や》けちゃったんだ」

ゆうこはびっくりした。

やけどのあとだ。

ひどいやけどだ。

皮《かわ》がひきつって気味悪《きみわる》くふくれあがっている。

「火事って!」

ゆうこはことばがつづかなかった。

すごくこわかった。

「みんな燃えたの。みんな死《し》んじゃったんだよ。だから、あたい、オイチャンといるの」

言いおわるとチョロはシロの首をだいた。

「シロもだよ。オイチャンとシロとみんなでいるの。行こうよ。あたいのうちに行こうよ。オイチャンが待《ま》ってるからさあ」

日は暮《く》れ、夕やみのにおいも消《き》えた。

暗《くら》やみにとりまかれ、ゆうこの心配《しんぱい》はますばかりだった。

ゆうこはチョロに言い聞かせて、また空き地までもどってみた。

が、何ひとつあたりの景色《けしき》はかわってはいない。

そこには木が一本たっているだけだった。

草はら。空き地。畑《はたけ》。くずれかけたお寺さんのへい……

おばさんの家なんて、どこを見まわしてもありはしなかった。

たまごひときれ

気がつくとチョロがしきりに手を引っぱっている。

「行こうよ!　ねえ、行こうよ」

「………」

「行こうよ。早く行こう!」

フラフラと足が動《うご》いた。

ロボットになったような気がする。

それでも何度《なんど》か、うしろをふりかえった。

どこにいるのだろう。

そして、どこに行くのか?

夢《ゆめ》を見ているのか?

(それとも……)

考えても、ただぐるぐるまわり。
「この子の言うとおりなんだろうか？」
（木から落《お》ちて頭を打《う》ったせいかしら？）
それならきっと、思い出す。
帰り道もわかるだろう。
自分に言い聞かせるうちに、気持《きも》ちが楽になっていった。

石ころだらけの河原《かわら》を、チョロは先に立って歩いていく。
少し行くと左手に杉林《すぎばやし》が見えてきた。
「浅野《あさの》神社《じんじゃ》の森だよ」
チョロが教えてくれた。
木の下かげは暗《くら》い。
一センチ先も見えない。
ゆうこは足を引きずって、やっとのことで歩いていた。
疲《つか》れて、頭がからっぽで、手も足もかってに動くのだ。

「もう歩けない」

ゆうこは何度《なんど》も地べたに座《すわ》りこんだ。

そのたび、チョロがゆうこの手を引っぱった。

少し行くうち森は切れ、星空が見えてきた。

「ほら！」

建物《たてもの》が見えた。

神社《じんじゃ》のようなつくりの屋根《やね》が杉《すぎ》のこずえごしにほの暗《ぐら》く光って見える。

鳥居《とりい》をくぐった。

「こっち！　おいで」

チョロは、走りだした。

「こっちだよ、こっち」

「ワン、ワン！」

シロがほえながら、神社の横《よこ》のかわった建物に近づいていく。

境内《けいだい》の右側《みぎがわ》に大きな家が見える。

かわった建物は、神社のすぐ横、大きな家と、森の間に黒っぽい影《かげ》になって見える。

目がなれたのか、うすぼんやりと家のようすがわかる。

なんだか気味《きみ》の悪《わる》い家だ。

お芝居《しばい》の舞台《ぶたい》のように壁《かべ》がなく、四すみに柱《はしら》が立っている。

おばけでも住《す》んでそうなあばらやだ。

「ここ！　ここから上がるんだよ」

あっという間に、チョロが階段《かいだん》を上がった。

舞台のまん中に手すりのついた階段が四、五段ついている。

階段の上で、チョロがよんでいる。

「早くう！」

ゆうこはまよいながら、おそるおそる階段に足をかけた。

ギシギシ不気味《ぶきみ》な音がする。

ゆうこはためらった。

「ここだよ、あたいのうち」

「ここ……」

小さくくりかえして、ゆうこは階段をのぼった。

そこは、やはり、舞台《ぶたい》だった。
ゆうこは、ハッと思い出した。
前に、こんな建物《たてもの》を見たことがある。
(そうだ、お祭《まつ》りのとき)
縁日《えんにち》のとき、ちょうどこんな舞台で、「おかぐら」とかいうおどりを見物《けんぶつ》した。
(そうか。だからチョロが言ってたんだ。神楽殿《かぐらでん》だ。これが神楽殿なんだ)
神楽殿の四角い舞台を通《とお》りぬけ、チョロは裏《うら》にまわった。
「ねえ、入ってよ」
楽屋《がくや》のそでのようなところからチョロが声をかけた。
「早く入んな」
暗《くら》がりの中からチョロの声がする。
むっとするにおいが流《なが》れてくる。
ためらいながら、ゆうこは中に入った。
中にだれかがいる。
チョロが何かしゃべっている。

目の前がきゅうに明るくなった。

チョロがマッチをすったのだ。

「オイチャンだよ」

マッチをかざしながらチョロが言った。

「オイチャンは目が見えないんだ。いま、明るくするね」

チョロの影《かげ》が壁《かべ》に大きくうかび上がり、まわりがよく見えるようになった。

お皿《さら》に入れた油《あぶら》が燃《も》えて、あたりがぼおっとゆらめいている。

「だれをつれてきたのかい？」

弱よわしいかすれ声がした。

すみっこの暗がりで、ぼそぼそだれかが動《うご》いた。

「うん……つれてきたの。あたいの友だちだよ」

チョロが答えた。

「そうか、そうか、そりゃすごいや」

人が起《お》き上《あ》がる気配《けはい》がして、それからせきがつづけて五、六回。

ゆうこは、ハッとして奥《おく》をうかがった。

灯油《とうゆ》のあかりにオイチャンの顔がぼーっとうかびあがった。

ゆうこは思わず、声を出しそうになった。

あとずさりして、その場に立ちすくんだ。

おそろしい顔だった。

おばけのお面《めん》のようだった。

つぶれかけた目。やせほそったほお。めくれたくちびるの間から飛《と》び出《だ》した歯《は》。

「こわい!」

思わず、ゆうこは口走った。

「チョロ。顔を照《て》らさないでくれ」

手で影《かげ》をつくってオイチャンは言った。

その声がとても悲《かな》しそうだったので、ゆうこはハッとした。

「ごめんなさい、あの、あの……」

ゆうこは思いきって、床《ゆか》に座《すわ》り、いいわけを考えた。

「いいんだよ……」

せきこみながらオイチャンはつづけた。

「相当《そうとう》すごい顔をしているらしいな……」

オイチャンはうつむきかげんになって、板《いた》かべによりかかっている。

病気《びょうき》がひどいのだろうか、たえずのどをぜいぜいさせている。

「さあ、聞かせておくれ、チョロ、お客《きゃく》さんはどんな子だい？」

せきがとまるとオイチャンは小声でたずねた。

とてもやさしい声だ。

チョロはうれしそうに答えた。

「空き地にいた子なの。オイチャン、この子、まいごだよ。オイチャンどこの子かわかる？

おうちに帰りたいんだけど……」

「わからんなあ。かわいそうに。まいごになったのかい？　遠くからきたの？」

オイチャンは見えない目で、さぐるようにゆうこを見て聞いた。

返事《へんじ》をしかねていると、とつぜん、チョロが聞いた。

「オイチャン。たまごある？」

「あるとも。ちゃんととってあるよ」

オイチャンは言った。

「ああよかった。たまごあると思ってつれてきたんだ」

チョロは目くばせして、ゆうこに笑《わら》いかけた。

「ねっ、たまごだよ。みんなで食べよう。倉《くら》右衛《え》門《もん》さんの庭《にわ》から、あたいがとってきたんだ。ゆでたまごにしたんだよ」

チョロは、お皿《さら》にのせたたまごを、ひとつ大切そうに持《も》ってきた。

「さあ、食べよう。みんなで食べよう」

うれしそうにからをむき、ヘラのようなものでたまごを三つに切りわけた。

「はい、オイチャン！」

最初《さいしょ》のひときれをさしだすとオイチャンは手をふった。

「いいよ、いいよ、おまえたちで食べな」

「でも、いいの？」

「いいから食べな。オイチャンは食べたくないんだよ」

「ほんとに？」

「ほんとだよ。のどを通《とお》らなくてな」

「ふーん、じゃ、あたいもらお」

チョロはパクッとたまごを口に放《ほう》りこんだ。

「うめえ！」

チョロはあっという間にのみこんで、つぎのひときれをゆうこにさしだした。

「食べな。あんたにあげる」

「いらない」

ゆうこは、あわてて言った。

小さなひときれのゆでたまご。欠《か》けたお皿《さら》の上でクシャッとつぶれた、きたならしいゆでたまご。

とても食べる気にはなれない。

チョロは目をみはって、もう一度《いちど》たずねた。

「たまごだよ。ほんとにいらないの？」

トンボみたいに、目をきょろつかせていかにも意外《いがい》そうに聞く。

「いらない」

「へえ、食べないの？　たまごなんだよ。たまご……」

うなずくと、「わかった。食べないんだね」。

念《ねん》を押《お》してチョロはたまごをひっこめた。

「じゃ、とっとこう」

「とっとく?」

「あした食べよう……ね」

大切そうにたまごをまた、しまいこむ。

(やーだ。あんなたまご、あしたまでとっとくなんて……)

おかしくなってつぶやいたゆうこだったけれど、あとになってたまごを食べなかったことを後悔《こうかい》した。

ザリガニとり

「起《お》きな! ねえ、起きてよお!」

まだうす暗《ぐら》いうちに、はずんだ声で起こされた。

「コケコッコーオ！」

遠くで、にわとりが鳴いている。

「あれ？」

いちどきに目がさめた。

とたんに、夕べからのことが、思い出され、ドキッとした。

（夢《ゆめ》じゃない！）

（やっぱり夢じゃなかった）

（夢だったらよかったのに……）

チョロがゆうこの顔をのぞきこんでいる。

ふとんをかぶろうとして手をのばしたが、いつものやわらかな、寝《ね》ごこちのよいふ
とんは、どこにもなかった。

ねがえりを打《う》つと、さらっとした布《ぬの》がほおにはねかえった。

夕べかぶって寝た、いもぶくろだ。

起《お》き上《あ》がって、ゆうこはべそをかいた。

「なんか食べよう」

チョロがへんてこな植木鉢《うえきばち》みたいなものを出してきて、その上に枯《か》れた葉《は》っぱをいっぱいのせた。

それから紙くずを燃《も》やして火をつけた。

オイチャンが、のろのろした動作《どうさ》で、そこにまっ黒けの、でこぼこの鍋《なべ》をかけた。

中には、グシャグシャになったご飯《はん》が少し入っている。

「オイチャン、葉っぱとってくるね」

チョロは神楽殿《かぐらでん》から飛《と》びおりていって、学校でにわとり当番のとき、ゆうこがいつもとってくるハコベの葉をひきぬいてきた。

「おかゆつくるんだよ。あっそうだ。あれも入れよう」

チョロは、夕べのゆでたまごの切れはしと、葉っぱを鍋に入れて、煮《に》えるのを待《ま》った。

それから、気がついたように、へしゃげたバケツの中をのぞきこんだ。

底《そこ》の方に、ザリガニが一匹《いっぴき》いた。

「これ好《す》き?」

ゆうこは、あわてて首をふった。

チョロは、にこっとしてザリガニをつかみ、あっという間にお鍋《なべ》に放《ほう》りこんだ。

「うわっ」

ゆうこは悲鳴《ひめい》をあげた。

「さあ、ご飯《はん》だ。あんたは、これをつかうといい」

オイチャンが、ごみすて場でひろったような、こわれかけたお皿《さら》と竹のおはしをさしだした。

おなかはペコペコだった。

思ったより、いいにおいがお鍋からたちのぼってくる。

けれどもゆうこは、とても食べる気にはならなかった。

だって、きたならしいお鍋の中身《なかみ》。

ぐう！　きゅう！

おなかで虫がさわいでいる。

オイチャンもチョロもおいしそうに、うすいおかゆをすすっている。

「えんりょしないで食べなさい」

オイチャンがうすく目をあけてすすめた。

明るいところでなら目が少しは見えるのだ。

そのとき、ゆうこは、すごいことを思い出した。

（チョコレート！）

が、ポシェットが見つからない。

あちこちさがすと、階段《かいだん》の下にクシャクシャになって落《お》ちていた。

「シロだ！」

チョロが目を三角にして、おこった。

もちろん、中はからっぽ。いつもなら、起《お》きるとすぐにとんでくるシロが、ぜんぜん姿《すがた》を見せない。

「あいつ、おしおきをしてやる」

チョロが叫《さけ》んだ。

おなかは、ますますすいてくる。

なにしろ、夕べから何ひとつ食べてはいないのだ。

ぐう！　きゅう！

おなかを押《お》さえ、つばを飲《の》みこみ、ようやく決心《けっしん》して、はしを持《も》ったときにはもうおそかった。

お鍋《なべ》の中はからっぽだった。

「これをおあがり！」

オイチャンが、何かくれた。

青のりをまぶしたおせんべいのかけらみたいなものだ。

目をつぶって口に入れた。

ちょっと変《へん》な味《あじ》がしたけれど、かんでいるうちにおいしくなった。

オイチャンが言った。

「もちにはえたカビは食べてもだいじょうぶなんだよ。薬《くすり》にするっていうぐらいだからな」

ゆうこは、いそいではきだした。

「さ、せんたくにいこう。顔とかちゃんと洗《あら》わなきゃ！」

チョロが言った。

「せんたく？」

（せんたくだなんて！　そんなのんきなことしてられない）

夕べ、眠《ねむ》りながらゆうこは、考えつづけた。

(なぜ、思い出せないのか?)

ゆうこの話を聞いたオイチャンは言っていた。

「記憶喪失《きおくそうしつ》かもしれんなあ。木から落《お》ちたとき頭を打《う》ったんだなあ。いや、木から落ちたせいばかりじゃないかもしれん。人間、ひょっとしたひょうしに頭がおかしくなる」

「頭がおかしい? ひどーい!」

ゆうこはおこった。

「ごめんよ。でもオイチャンは戦争《せんそう》で南の島《しま》に行っていたとき、おかしくなったやつをいっぱい見たんだよ。そういうやつはみな、あんたと同じように、夢《ゆめ》みたいなことばかり言ったり、考えたりしていた」

「ちがう!」

ゆうこは、涙《なみだ》ぐんで言《い》い返《かえ》した。

「あたしのは夢じゃないわ! ほんとよ。ほんとにあったことばかりよ」

「わかった、わかった」

口ではそう言いながら、オイチャンはぶつぶつひとりごとを言いつづけたのだ。

「あのころは、まったくひどい暮《く》らしだったからな。ネズミを食ったり、トカゲを食ったり……殺《ころ》しあいをしたり、頭も変《へん》になるさ。しまいには、人間の肉まで食っちまった」

「うそだい！」

チョロがわめいた。

「ああ、うそうそ！　うそでした」

オイチャンは、笑《わら》いもしないでそう、ふざけた。

ゆうこは、オイチャンの言ったことを思い出していた。

（ネズミとか人を食べたとかいう話はうそだけど、記憶喪失《きおくそうしつ》の話は、本当かもしれない）

いつかテレビで、そういう映画《えいが》を見たことがあった。

記憶喪失というのは、何かのショックで、それまでのことをわすれてしまうことだ。

（きっとそれだ）

（木から落《お》ちたとき、どうかしたんだ。それからチョロに会うまでのことをわすれて

しまったんだ）
ゆうこは大きな声で言った。
「せんたくどころじゃないわよ。あたし、あそこまで行ってみる！」
何かがわかるだろう。きっと……
杉林《すぎばやし》からたちのぼる朝の冷気《れいき》が、ゆうこをピリリとさせる。
（思い出すわ。きっと！）
ゆうこはかけだした。
森をぬけて、川っぷちを通《とお》って。
チョロと走っていくと、いつの間にかシロがついてくる。チョコレートをとった犯人《はんにん》。
「こら、どろぼう犬！」
チョロがぶっても、うれしそうにとびはねながらあとを追《お》いかける。
空き地に近づくと胸《むね》がドキドキした。
（道がわかったらチョロをつれて、おばさんのうちに行こう。心配《しんぱい》してるだろうなあ）
父さんの顔もうかんだ。

（父さんはだいじょうぶ。いつものようにおばさんのうちに泊《と》まったと思ってるわ！）

ゆうこはちょっと、安心《あんしん》した。

「ここね！」

木のところまで着《つ》くと、ゆうこは息《いき》をはずませた。

「いま思い出すわ。そしたらお姉ちゃんとこ行こうね。アイスクリーム食べさせてあげるから」

チョロに言い聞かせて木を見上げた。

（落《お》ちたのはこの木？　でも……あたしがのぼってたのはこの木じゃないわ。もっと大きな木……でも、変《へん》だ）

だんだん、記憶《きおく》がおかしくなる。

何か思い出せそうなのに、どうしても思い出せない。

とてもおかしな気持《きも》ち……。

いらいらしながらチョロにたずねた。

「倒《たお》れてたの、ここじゃないんじゃないの？　どこか、遠くの方ね。そこがどこだか思い出してくれればいいのよ」

なんべん聞いてもむだだった。
さっぱり、要領《ようりょう》がつかめない。
きのうのオイチャンと同じだ。
別《べつ》の世界《せかい》にでもまよいこんだように……。
とほうに暮《く》れてゆうこは、くずれかけたお寺の土べいを穴《あな》のあくほど見つめた。
表《おもて》に回って、門をさがした。
山門には、黒ぐろとしたみごとな字で、「大澤山竜雲寺《だいたくさんりゅううんじ》」と書かれている。
(たしか見た、たしかに見たことがある。この字……どこかで見た)
体じゅうの血《ち》がさわいだ。
ゆうこは、よろめきそうになって目をとじ、それからゆっくりとあけてみた。
目の前には目玉をくるくるさせたチョロの顔があった。
「早くせんたく場に行こうよ。みんながくるとおこられるから……」
チョロが口をとがらせて言った。
「せんたく場って、そこ、コインランドリー？」
ゆうこは最初《さいしょ》、そう思った。

（そんならこの子、町を知ってるんだわ。町へ行けばわかる。地図だってある）

ほっとして、ゆうこは歩き出した。

「遠い？」

おなかがペコペコでフラフラだけれど、なんだか元気が出てきた。

チョロが目をかがやかせて言う。

「せんたく場のとこにザリガニがいるよ。いまならだれもいない」

「ザリガニ？」

「うん、せんたく場のわき水のところで」

「わき水？」

ゆうこは目をパチクリさせた。

「どんどん水が出てくるよ」

「へえ？」

ゆうこはさっぱりわからなかった。

せんたく場に行ってせんたく。それからザリガニをとる。変《へん》なの！

チョロはさっさと歩いていく。

右側《みぎがわ》の畑《はたけ》にもぐっていったチョロが両手《りょうて》に赤い実《み》をかかえてもどってきた。

ラズベリーみたいなぶつぶつの木の実だった。

食べると、甘《あま》ずっぱくてキュンとほっぺたが痛《いた》かった。

せんたく場は、河原《かわら》におりるとちゅうにあった。

チョロが言ったように水がわき出している。

こんこんとわきでるこの水は、みんながせんたくに利用《りよう》しているらしく、四角いコンクリートの流《なが》し場《ば》にいっぱい水がたまっていた。

顔を洗《あら》いおわったチョロは、ぶかぶかの肌着《はだぎ》をぬいで、水につけた。

「見なよ」

うれしそうに言ってチョロは水に影《かげ》をつくった。

「いた、いた……」

「何が?」

「シラミだよ。うかんでくるんだよ」

「シラミ?　何?　それ……」

白い、あわつぶのような虫が、もがきながらうかんできた。

二匹《にひき》……三匹……四匹…………

得意《とくい》そうにチョロはすくいとった。

「見る?」

ゆうこはおそるおそるのぞきこんだ。

クモに似《に》たグロテスクな小さな虫だった。

血《ち》をすってうす赤くふくらんでいる。

「こら!」

肌着《はだぎ》の上をはい出した一匹をつかまえて、チョロはプチンとつぶした。

「こいつがさすとかゆいんだよ」

「かゆい?」

とたんに背中《せなか》がむずむずしてきた。

(そういえば夕べから……)

あちこち、かゆくて方ぼう、かきむしった。

足や、わきばらに赤くはれあがったあとがある。

ゆうこは泣《な》きたい思いでチョロを見た。

「ぬぎな！」

チョロはなれた手つきで、ゆうこの肌着を点検《てんけん》し、みごと一匹の虫を見つけた。

チョロはキャッキャッと笑《わら》いながら虫をつぶし、ゆうこの手にのせた。

それから、目をいっぱいに見ひらき、ゆうこを見つめた。

「ほんとにきれいだね」

チョロは言った。

「えっ？　あたしのこと？」

「ううん。シャツ」

「あ、これ？　スリップよ」

「ふうーん」

白いレースのついたゆうこのスリップから目をはなさずチョロはつづけた。

「こんなきれいなの見たことないよ。すごい」

スリップをだきこんで、チョロはじっとゆうこを見つめた。

それから、おとなのような目つきをして言った。

「あんた、ほんとは遠い国からきたのかもしれないね」

「遠い？」

「遠い国があるの……そこでは、みんなが楽しく暮《く》らしてるの。お菓子《かし》もあるの」

（思いあたる！）

ゆうこはギクッとした。

（遠い国……きのうまで、ゆうこがいたところ。もしかしたらあそこは、チョロの言うように遠い遠い国なのかもしれない。それどころか、二度《にど》と帰れない世界《せかい》になってしまったのかもしれない）

ボワン！　耳が鳴った。

なぎさに立っているような気がする。

ふしぎだ。

もといた世界が、潮《しお》がひくようにはるかかなたへと遠のいていく。

「社務所《しゃむしょ》のおばちゃんに聞いたの。いろんな国があるって……本も見せてもらった」

チョロは熱心《ねっしん》に話をつづける。

「シャムショのおばちゃんて？」

「うん、となりのうち。大きいおうち」

「ああ、あそこに人が住《す》んでいるの？」

「やさしいおばちゃんだよ。あとで行こう。本もいっぱいあるの。お姫《ひめ》さまの本。だからあたい……」

声を立てて笑《わら》い、チョロは言った。

「あんたって、お姫さまみたい！」

朝日がまぶしくチョロを照《て》らし出《だ》す。

（あたしがお姫さまだって……）

ゆうこは、ふと考えた。

（考えてもみなかった……でも）

（ほんとにお姫さまみたいな暮らしだった。タイムスリップするまでは！）

「タイムスリップ！　まさか！」

ゆうこは、びっくりした。

どうしてこんなことばが、口から飛《と》び出《だ》したのか、自分でもわからない。

（考えたい！）

ゆうこは、神経《しんけい》を集中《しゅうちゅう》した。

チョロがはじめて、ゆうこを見つけたときのことが、たった、ひとつの手がかりだ。

(聞かなきゃ!)

「教えて!」

ゆうこは、早口でまくしたてた。

「あたし、どこにいたの? どうしてたの? そういえばあんた、あたしが木から落《お》ちたって言ったわね。落ちるところをほんとに見たの? どの木? ほんとにお寺さんの近くの木?」

返事《へんじ》はなかった。

ちらっとうしろを見たチョロが、きゅうに立ち上がった。

「逃《に》げろ!」

「えっ?」

せんたくものを水からひったくって、チョロがいちもくさんにかけだした。

シロがキャンキャン、あとを追《お》う。

「何ごと?」

ふりむいたゆうこは、おどろいた。

大きなたらいをかかえた野良着《のらぎ》のおばさんが、どなり声をあげながら走ってくる。

大根足《だいこんあし》でズドズドせまってくる。

「こらあ！　そこで何しちょるう！」

「こわい！」

思わず飛《と》び上《あ》がり、ゆうこも走りだした。

何がなんだかわからない。

「でも逃げなきゃ！」

チョロの速《はや》さといったらない。

四つ足のシロが尾《お》をふりたて、けんめいにあとを追う。

杉林《すぎばやし》をぬけ、畑《はたけ》のまん中の一本道を走りつづけ、土手っぷちの桑畑《くわばたけ》まで逃げて、ようやくチョロは止まった。

「ああ、こわかった……」

はあはあ、息《いき》がはずんでいる。

「だれなの？　あれ」

「おタネのかあちゃん」

「おタネ？」

「倉右衛門《くらえもん》さんのおタネちゃん。あのおばさんこわいの。あの水つかうと、いっぱいぶつんだよ。あたい、にくまれてんの」

チョロは梅干《うめぼ》しを食べたみたいに、すっぱい顔をした。

「あたいね、おタネちゃんを肥《こえ》たごに落《お》としちゃったからだよ」

「コエタンゴ？」

「肥たごだよ。ほら、うんこだめ……」

「ウンコ？」

「畑《はたけ》の、こやしだめだよ」

「コヤシダメ？　わかんない」

「バカ！　知んないの？」

チョロがあっかんべ、をした。

思わずカッとして、ゆうこは叫《さけ》んでいた。

「わかんない、わかんない、あんたの言うことなんか、みんなわかんない。バカはそっち！」

イイッと歯《は》をむきだして、チョロはそっぽをむいた。

「おまえなんか、どっか行っちゃえ！」

「行くわよ！」

ゆうこが回れ右したときだった。

「見つけたあ！」

すっとんきょうな声でチョロが叫んだ。

ふりむいたゆうこは死《し》にそうになった。

チョロがカエルをわしづかみにして、にこにこ笑《わら》っている。

カエルは、白いおなかをヒクヒクさせて、苦《くる》しそうにもがいている。

「や、やめて！」

「えさだよ！」

言うが早いかチョロは、あわれなカエルを土にたたきつけた。

「キャッ」

ゆうこは叫び、カエルはギュッとうめいてあの世《よ》に行った。

ふるえるゆうこをしりめに、チョロはカエルの両足《りょうあし》をつかみ、股《また》のところからいっきにおなかの皮《かわ》をはいだ。

カエルのおなかから内臓《ないぞう》が、どろり、とはみだした。

「わあ!　かわいそう」

ゆうこは目をつぶったが、すぐ、うす目をあけた。

やっぱり、見ていたかった。

チョロはけろりとして、ゆうこに説明《せつめい》した。

「ギュウタぶつけって言うんだ。こうやってね!」

チョロは、二匹《にひき》めのカエルを見つけて、また、ギュウタぶつけにした。

たちまち、カエルは、目をまわす。

「やってみる?」

ゆうこは、あわてて首をふった。

「弱虫だね。これをえさにしてザリガニをつかまえるの。さ、行こう」

チョロは、小さな掘割《ほりわり》の土手をおりていった。

ゆうこも、あとにつづいた。

シロは、堀《ほり》にかかった石橋《いしばし》の上にねそべって、見学するつもりだ。

ザリガニとりは、おもしろかった。
カエルの足にひもをつけて、岸辺《きしべ》からそろりと水底《みずぞこ》に入れる。
ザリガニのうす黒い影《かげ》が水草の中で動《うご》く。
(もうちょい！　そら、もうちょい出てこい)
息《いき》をのんで見守《みまも》る。
ザリガニは、えさに近づき、ゆっくりとはさみをふりかざす。
(くいつけ！　そこだ！　いいぞ、いいぞ！)
ザリガニのはさみが、カエルの内臓に思い切りくいこんだ。
「いまだ！」
チョロが、すばやく一匹つり上げる。
(おかず、一匹あがりい！)
(おかず、二匹あがりい！)
(ほら、三匹め)
あわれなカエルのことなどすっかりわすれて、ゆうこはザリガニとりに熱中《ねっちゅう》した。
「ああ、よかった」

六匹《ろっぴき》もつれたザリガニを、チョロは生きたまま下着《したぎ》につつみこんだ。

「オイチャンの病気《びょうき》、ザリガニ食べればなおるんだよ」

「ほんと？」

「そう、社務所《しゃむしょ》のおばちゃんが言っていたよ。栄養失調《えいようしっちょう》って病気なんだって」

「エイヨウシッチョウ？」

「うん。おできができて目が見えなくなるの」

チョロはときどき、ゆうこにもわからないむずかしいことばをつかった。

ないないづくしの村

まっ昼間、窓《まど》べでポカンとしているときなど、自分がどうして、いま、ここにいるのか、ふしぎに思えるときがある。

外では、かぐわしい風がおどっている。

家いえの屋根《やね》。ふしぎな形をした木。まんまるな宇宙船《うちゅうせん》みたいなガスタンク。遠くのビルの広告《こうこく》。ときおり飛《と》んでくる、たれ幕《まく》つきの銀色《ぎんいろ》の気球《ききゅう》。

そんなものになんとなく心をうばわれているときなど、ふと、自分が、この世《よ》の人間ではないような、そんな錯覚《さっかく》を起《お》こしてしまうことがある。

ほんとの自分はどこか遠くの世界《せかい》にいて、こんなわたしをただそこから見ているだけなのだと……。

そんなふうに思ってしまうことがある。

いまのゆうこがそれだった。

ゆうこはゆうこであって、ゆうこでなかった。

本当のゆうこは、もといた豊《ゆた》かな世界にいて、その世界は遠く……遠く、どこにあるのかもわからず、どうすればもどれるのか、かいもく見当もつかないのだった。

ゆうこがもといた世界のことを話すと、オイチャンは答える。

「やっぱり木から落《お》ちたせいだな。一度《いちど》、社務所《しゃむしょ》のおばちゃんに相談《そうだん》して、病院《びょういん》につれていってもらうといいね」

「でも、おじさん、あたしはほんとに……」

かまわずオイチャンは話をつづける。

「オイチャンはなあ、戦争《せんそう》に行っているとき、頭のおかしくなったやつを見たんだよ。そいつもあんたと同じように、自分がここにいるのはおかしいっていうんだ。いまに救《すく》いの飛行機《ひこうき》がきて助《たす》け出《だ》してくれる。そしたらもといた豊かな世界へもどれる……こんなみじめな暮《く》らしはもうたくさんだ、って……」

ゆうこはがっくりくる。

「ねえ、ご飯《はん》だよ」

のんびりした声でチョロがよんでいる。

欠《か》けた茶わんの中には、葉《は》っぱがうかんだうすいおかゆが入っている。

そのほかに、おかずらしいものは何もない。

これが、ザリガニがとれない日のチョロとオイチャンのせいいっぱいのごちそうなのだ。

お昼に食べたおにぎりは、たしかにくさりかけていた。無理《むり》もない。オイチャンが、病気をおして、どこかへ出かけてめぐんでもらった麦ご飯のおにぎりだったから……。

ゆうこのまよいこんだ村は、ひどく貧《まず》しかった。

だれもかれもがぼろをまとい、おなかをすかせていた。

こじきのような暮《く》らしをしているのは、オイチャンや、チョロだけではなかった。たくさんの人たちが、掘《ほ》っ立《た》て小屋《ごや》や、橋《はし》の下に住《す》み、飢《う》えや、病気《びょうき》で苦《くる》しんでいた。

オイチャンは、ゆうこに教えるように言った。

「ここにいられる者《もの》はまだ幸《しあわ》せだ。町なかの暮らしときたら、もっとひどいものだ」

橋の下や、掘っ立て小屋に住んでいる人たちはみんな都会《とかい》から、逃《に》げてきた人たちだった。

空襲《くうしゅう》で、家が焼《や》けたり、家族《かぞく》が死《し》んでしまった人たちだ。食《た》べ物《もの》がなくて病気になった人たちもたくさんいた。

オイチャンも、その中の一人だった。

もともとこの村に住んでいた人びとは、わりあい豊《ゆた》かに見えた。

それぞれ、田や、畑《はたけ》を持《も》ち、食べ物を作っているので毎日の生活はやっていける。

それでも、ゆうこから見ると、その暮らしぶりは、ひどいものだった。

第一《だいいち》、この村には、ろくな店がない。

あっても何も売っていない。

お金を出しても何も買えない。

レストランもない。ブティックもない。

ハンバーガーショップもアイスクリーム屋もない。

ギフトショップもレコード屋も電気製品《せいひん》を売っているお店もない。

テレビなんてもちろんない。デパートやスーパーなんかだれ一人、行ったことがない。

電気がまもせんたく機《き》も掃除機《そうじき》もない。

とにかく何もない。

ないないづくしの村なのだ。

ここでのせいいっぱいのぜいたくは、お米のご飯《はん》をおなかいっぱい食べることだった。

が、そんなことができるのは、村いちばんの金持ちで、村いちばんのケチンボの、倉右衛門《くらえもん》さんの家の人たちだけだったろう。

たとえ食べ物をつくっている農家《のうか》の人たちだって、ぜいたくな食事《しょくじ》をとることはできないのだった。

なにしろ国じゅう、どこもかしこも食《た》べ物《もの》が足りない状態《じょうたい》なのだから……。

たいていの人びとは、朝から晩《ばん》までおなかをすかせたままでいるのだった。

ご飯《はん》のかわりに、おいもや、かぼちゃをあらそって食べる。

おいもや、かぼちゃといっても、ゆうこが食べていたようなホクホクした種類《しゅるい》ではない。

形ばかり大きくて、水っぽい、味《あじ》のないものを、くる日も、くる日も、食べるのだ。

だが、おいもや、かぼちゃを食べられる人は、まだ、幸《しあわ》せだった。

おおぜいの人たちが、チョロや、オイチャンたちのように、草の根《ね》や、葉《は》っぱを食べていた。

おいものつるや、かぼちゃの花も食べる。

肉や魚のかわりになるのは、イナゴやタニシやザリガニだ。

オイチャンは、ネズミや、カエルも食べられると言った。

オイチャンは、戦争《せんそう》で南の島《しま》にいたころ、ネズミや、ヘビや、トカゲも食べたそうだ。

「いや、それどころか、人間も食べた」

オイチャンは、チョロの言うように頭がおかしいのだろうか。あいかわらず変《へん》なことを口走る。

「オイチャンは人殺《ひとごろ》しさ。南の島でたくさん人を殺した。いや、あのころはみんなで殺しあいをやっていたんだ」

オイチャンは何度《なんど》も死《し》にかけ、ようやく南の島から引きあげてきた。が、南の島で殺しあいをやっている間に、奥《おく》さんもこどもも死んでしまった。

お父さんもお母さんも死んでしまった。

殺しあいをやっている国の飛行機《ひこうき》が飛《と》んできて爆弾《ばくだん》や、焼夷弾《しょういだん》をバンバン落《お》とし、大火事を起《お》こして、みんなを焼《や》き殺《ころ》してしまったのだ。

オイチャンは戦争でたくさんの人を殺した。

そのかわり、大切な家族《かぞく》を一人のこらず焼き殺されてしまったのだ。

ひとりぼっちになったオイチャンは、とうとうこじきになった。

そして、やはり戦争で、孤児《こじ》となってさまよっていたチョロといっしょに、この神楽殿《かぐらでん》で暮《く》らすようになった。

苦《くる》しそうにせきこみ、息《いき》をぜいぜいさせながらオイチャンは力をこめてくりかえす。

「でも、こうなったのは人さまや国のせいばかりじゃない。自分も悪《わる》かったんだ。自分の罪《つみ》が自分にまわってきた。復員《ふくいん》してはじめて、おれはそれをさとったんだ」

「フクイン？」

ゆうこには聞きなれないことばだった。

そんなときにはチョロが大得意《だいとくい》で答える。

「戦争《せんそう》から帰ってくることだよ」

二人の会話には、こんなふうにしてゆうこの知らないことばがポンポン飛《と》び出《だ》してくる。

ゆうこが（たいへんな世界《せかい》にまよいこんでしまった）ということを最初《さいしょ》に気づいたのも、オイチャンとチョロの聞きなれないことばづかいからだった。

ゆうこはさとった。

（これはタイムスリップだ）

そう考えなければ、つじつまがあわない。

（何かのひょうしに、過去《かこ》の世界にぎゃくもどりしたのだ。食《た》べ物《もの》がない時代《じだい》に）

SF小説《エスエフしょうせつ》が好《す》きだったゆうこ。

テレポーテーションなんてことばも知っている。

瞬間移動《しゅんかんいどう》だ。あっという間に、知らないところに体がうつっている。

それから、タイムトラベル。

時空をこえて、旅《たび》をする。

でも、たいていは、もっとすばらしいところに行くのだ。

そして、その国で、冒険《ぼうけん》をやり、人気者《にんきもの》になったり、また、運《うん》がいいときにはすてきな王子からプロポーズされ、おきさきになったりする。

(……よりによって、こんな時代にもどってくるなんて)

ゆうこは、つばを飲《の》みこみながら、あのころたしかに食べた、おいしい食べ物のことを思い出した。

カレー、シチュー、ハンバーグ、フライドチキン、ステーキ、スパゲティ、アイスクリーム、ケーキ、たこやき、おすし、カツドン、ショートケーキ。まだまだある。ローストビーフ、やきにく、サンドイッチ、ラーメン、チャーハン、マーボドウフ……。

いつの間にかきたチョロがせがむ。

「お姉ちゃん、どうしたのさ。どこか行こうよ!」

そんなときは、むだとわかっていても、ゆうこの足はついあの空き地へむかってしまう。

何ひとつ、かわりないいつもの光景《こうけい》……。

砂《すな》まじりのやせた畑《はたけ》。くずれかけたお寺のへい。草むら。

お日さまにまぶしく照《て》らし出《だ》されている、一本の木。

どこを見まわしても、ただそれだけ。

田舎《いなか》のにおいのする風が、咲《さ》きかけたコスモスの頭をなでていく。おばさんのうちなんてどこにもない。

たまらなくなって、ゆうこは木の下に立つ。

ざわめく葉《は》っぱは、何か知っているのだろうか?

いじめっこ

神楽殿《かぐらでん》のとなりは、神社《じんじゃ》の社務所《しゃむしょ》だった。

社務所というのは、もともとは、村の主《おも》だった人びとが集《あつ》まって、氏子《うじこ》としての祭《まつ》りごとを相談《そうだん》する集会所《しゅうかいじょ》だ。

が、いまでは、都会《とかい》からひきあげてきた人たちのすみかになっている。

村の人たちが話し合って、家のない人たちのために提供《ていきょう》することになったのだ。

社務所にはなん組かの家族《かぞく》が、いっしょに住《す》んでいた。

チョロをかわいがってくれる、やさしいおばさんもその中の一人だ。

ゆうこがはじめて神楽殿にきたときチョロが切りわけたたまごも、このおばさんからもらったものだった。

おばさんはときどき、ほかの人たちにわからないようにエプロンの下にかくして、ゆうこたちに食《た》べ物《もの》をくれた。

村の人たちでもめったに食べないお米のおにぎりや、たまごもあった。

おばさんは、都会にいたときには、お医者《いしゃ》さんだった。

でも、家も焼《や》かれ、病院《びょういん》も焼かれ、命《いのち》からがらここまで逃《に》げてきたのだ。

薬《くすり》もないし、道具《どうぐ》もないが、おばさんは、せいいっぱい、村の人たちのためにつくした。

だからおばさんのところには村の人たちが、お礼《れい》だと言って、大切な食糧《しょくりょう》を持《も》ってきてくれる。

社務所《しゃむしょ》は、神楽殿《かぐらでん》の西どなりで、雨戸をあけると、神楽殿の舞台《ぶたい》がまる見えのところにあった。

ある朝、ゆうことチョロが、ザリガニとりからもどると社務所のおばさんが手まねきして言った。

「いらっしゃい！　きょうはいいものがあるのよ」

言いおわったおばさんはチョロを見てハッとしたようだった。

チョロとゆうこは同時に顔をかくした。

おばさんは眉《まゆ》をよせ、目をみひらいてためいきをついた。

「どうしたの！　またいじめられたの？」

チョロはむきになって返事《へんじ》をする。

「ちがうよ。あたいたち……あ、あたいたち、おタネたちをやっつけたんだ」

「わかったわよ、チョロ。でも気をつけてね」

ゆうこたちに社務所の縁側《えんがわ》にあがるように言って、おばさんは薬箱《くすりばこ》をとりに中に入った。

チョロのうそは、おばさんに見ぬかれていた。

ザリガニをとりにいった帰り、ゆうことチョロは村のいじめっこたちに襲《おそ》われた。

空きかんの底《そこ》にはタニシが三つとザリガニが二匹《にひき》はいっていた。

ゆうことチョロは歌をうたいながら、田んぼのあぜみちを陽気《ようき》に歩いていた。

おなかはペコペコだったけれど楽しかった。

帰ったらまた、ザリガニのスープご飯《はん》が食べられる。

チョロがうれしそうに耳打ちした。

「おもちがあるんだよ。オイチャンが建前《たてまえ》でもらってきたんだ」

オイチャンは目が見えないし、体がくさるいやな病気《びょうき》にもかかっていたけれど、なぜか村の人たちは親切にしてくれた。

戦争《せんそう》に行って、ひどいめにあった人が、この村にもたくさんいたせいかもしれない。

夫《おっと》や、息子《むすこ》を戦場で死《し》なせた人たちは、みなオイチャンに同情《どうじょう》しているようだった。

だからオイチャンが神楽殿にいそうろうすることも、大目に見てくれている。

オイチャンが物《もの》ごいに出ると、ときどきいいものが手に入った。

おもちは、その中でも最高《さいこう》の食《た》べ物《もの》だ。

ゆうこも「おもちなんて、ごちそうじゃないわ」なんて、もう死《し》んでも思わなかった。

そのころには神楽殿《かぐらでん》の子になりきって、ひもじさを知りつくしたゆうこだったから……。


かびのはえていない白いおもち……そう考えただけで、つばがたまった。

ゆうこやチョロがいつも食べるおもちは、かびだらけだった。こじきのオイチャンが、めぐんでもらうおもちだから、すてるようなおもちだ。

青かびや、赤かびのびっしりはえたおもちをゴシゴシこそげて、おじやに入れてやわらかくして食べる。

それが神楽殿のこどものおもちの食べ方だった。

「建前《たてまえ》のおもちなんてすごいね！」

ゆうこはチョロにそう返事《へんじ》した。

「うん、三つもあんだ」

田んぼでは、のどかにカエルが鳴いている。

ふりかえって、シロがついてくるのをたしかめ、チョロは口ぶえをふくまねをした。

そのときだった。

いきなりバラバラッと石ころが飛《と》んできた。

「逃《に》げろ！」

チョロが叫《さけ》んだ。

草むらから、こどもたちが飛び出してきた。

いじめっこのおタネとその仲間《なかま》たちだ。

丸坊主《まるぼうず》のがき大将《だいしょう》は、おタネのにいちゃんのカツオだ。

「やれえ！　どろぼうこじきをやっつけろ！」

がき大将は、竹棒《たけぼう》の先に鳥もちをつけた武器《ぶき》を頭の上でグルグルまわした。

「どろぼうだあ？　殺《ころ》せえ、殺せえ！」

チョロとゆうこは棒立ちになった。

足がふるえて、ゆうこは口もきけない。

「ウ、ウウー、ウワン！」

シロが一人前にうなり声を立てて、いじめっこたちの群《む》れに飛びこんでいった。

バシッ。竹棒《たけぼう》がうなった。

「キャン！」

悲鳴《ひめい》をあげてシロがひっくりかえった。

「やめろー！」

チョロが、飛《と》び出《だ》していって、がき大将《だいしょう》にアタックした。

「や、やっちまえ！」

まっかになって、がき大将は命令《めいれい》した。

こどもたちが、いちどきに襲《おそ》いかかってきた。

竹棒《たけぼう》がしない、鳥もちがべたべた、ゆうこの顔や頭にくっついた。

「うわ！　やめて、助《たす》けて！」

「ひっぱたけえ！　こいつ、やっつけろお！」

「キャー！」

ゆうこは、めちゃめちゃに逃《に》げた。

だれかが追《お》いかけてきた。

ザリガニの入ったかんがひったくられ、遠くにすっとんだ。

髪《かみ》が引っぱられる。

「やめて！　やめてよ！」

ゆうこも夢中《むちゅう》で相手《あいて》をひっかいた。腕《うで》をつかまえて、かみついてやった。

「痛《いた》い！」

相手《あいて》は、叫《さけ》んでうずくまった。

そのすきにチョロを見る。

チョロは泣《な》きながら、あばれまわっている。

シロは、キュン、キュン鳴きながらしっぽをまいて逃《に》げまわる。

「こいつ！　ぶんなぐってやれ。もっとだ！」

いくつもの手がいっせいにチョロの顔にとんだ。

チョロの顔から血《ち》がふきだすのが見えた。

ゆうこは一歩も動《うご》けなくなった。

あばれるだけあばれると、さすがにみんな静《しず》かになった。

気がつくと、お夕ネがみんなをつれて、ゆうこの方にやってくるところだった。

「ねえ、おまえ、だれなのさ！」

お夕ネがいじわるそうな顔をして、ゆうこを見た。

「ペッタペッタで顔が見えねえや。これで鳥もちふきな！」

おタネは、ぺんぺん草をひきぬいて、ゆうこに投《な》げつけた。

「何するのよ」

ゆうこは手で顔をおおったまま、言《い》い返《かえ》した。

「何するの？　だと……おしゃれことばつかってら！　だれかこいつ知ってるかい？」

おタネはえらそうに、みんなの顔を見まわして聞いた。

だれも返事《へんじ》をしなかった。

「こじきだべ。チョロといっしょにいるもの」

しばらくしてから、だれかが答えた。

「ちがうべ」

おタネはじろじろ、ゆうこを見た。

「見なよ。この服《ふく》……スベスベだぜ」

「ほんとだ！」

おタネに言われて、ほかの女の子たちもおそるおそる、ゆうこのT《ティー》シャツにさわった。

「スベスベだ!」

おタネはちぢれた茶っぽい髪《かみ》の毛《け》をふって、がき大将《だいしょう》を見上げた。

「にいちゃん、あたい、こんなのほしいよ。取《と》り上《あ》げてくんない?」

「ばかこくなよ、おタネ」

がき大将は、きゅうに困《こま》ったように顔をしかめた。

「なんでだよ!」

おタネは大がらな体をくねらせて、ぷーっとふくれた。

おタネは、村いちばんの金持《かねも》ちの倉右衛門《くらえもん》さんとこのむすめなので、とてもわがままなのだ。

「でも、おタネ、やめとけよ。おら、いやだ」

中学生のカツオは何か気になることにかんづいていたらしい。

「なあ……おまえ、どこからきた?」

きゅうに静《しず》かな声になって、カツオがたずねた。

「…………」

ゆうこはことばが出ない。

「返事《へんじ》しろよお！」
おタネが近よってくる。
（こんどはわたしの番だ。やられる）
歯《は》がガチガチ鳴った。
（こわい！　助《たす》けて！　お願《ねが》いよ）
ゆうこはその場に座《すわ》りこんだ。
チョロの血《ち》だらけの顔が目にうかぶ。
（ぶたれるわ。チョロみたいに……そうだ。チョロは？）
うわ目づかいにようすをうかがったゆうこはびっくりした。
なんとチョロはもう何ごともなかったように、ヒョイヒョイ身軽《みがる》にかがんでは、と
びちったザリガニやタニシをひろい集《あつ》めている。
ゆうこはほっとした。
「へ、ん、じ！」
おタネは、腹立《はらだ》たしげにゆうこのT《ティー》シャツを引っぱった。
「言えって言ってるだろ！　おまえ、いつから神楽殿《かぐらでん》にいるんだよ。おまえ、こじき

かよ。ザリガニどろぼう！」

おタネがＴ《ティー》シャツのえりくびをつかんで引っぱった。

「ぬげよお！　これ、ぬげよお！　あたいがもらってやるからよお！」

「何いうのよ！」

われをわすれて、ゆうこは言《い》い返《かえ》した。

「ザリガニはあなたのものってわけじゃないでしょ！　みんなのものよ」

「何？」

おタネが、いきりたった。

「おタネちゃん、ちょっと！」

うしろにいた年かさの女の子がおタネの肩《かた》をたたいた。

「やめな！　この子、きっとアメリカ人だよ」

「アメリカ人？」

「だって見なよ。この靴《くつ》、アメリカ人がはくやつだよ」

「ズボンもすげえや」

「ズボンでねえべ？　なあ！」

「スカートだべ」

「でも、ズボンだべ。足が片《かた》っぽずつ入るようになってるだよ」

「ほんとだ」

聞いているうちに、ゆうこはおかしくなった。

なんだか、まのびのしたいじめっこたちだ。

思ったとたん、おそろしさがいっきに吹《ふ》きとんだ。

ゆうこは立ち上がり、みんなを見まわして言った。

「これはキュロットよ。キュロットスカートっていうんだから……」

「………」

いじめっこたちはあっけにとられて、ゆうこに見とれている。

すっかり気が強くなって、ゆうこはつづけた。

「あたしアメリカ人じゃない。でも、英語《えいご》なら負《ま》けないわよ。ハウドウユウドウ、レイデイス、エンド、ジェントルメン！」

「マイネームイズ、ユウコ、ミズサワ。エンド、アイアム、トウエルヴイヤーズオールド……アイリヴイン、トウキョウ。エンド、アイ、ゴウツウ………」

いじめっこたちのおどろいた顔ったらなかった。

びっくりぎょうてんして口もきけないでいる。

そのうちだれかが「わっ」と叫《さけ》んで逃《に》げだした。

「おら、帰る！」

カツオが言った。

とたんにみんなが浮《う》き足《あし》だった。

「おらも……」

「逃げろ！」

みんな、てんでんばらばらに、まるでおばけでも見たように走っていく。

ゆうこは目をパチクリさせた。

(ばっかじゃないの！)

ひょうしぬけしたとたん、笑《わら》いがこみあげてきた。

「チョーロー！」

よびかけるとチョロが走ってきた。

「だいじょうぶ？」

ゆうこは聞いた。

「うふふ……逃げたね。あたい、いっつも勝《か》つの」

はれあがった目を照《て》れくさそうに押《お》さえて、チョロは目くばせする。

「こんどまた、おタネを肥《こえ》たごにぶちこんでやるよ」

「また?」

「ヒヒ、ヒヒヒ……」

チョロは顔じゅう、くしゃくしゃにして笑って、それから痛《いた》そうに顔をしかめた。

チョロの傷《きず》は、そうひどいものではなかった。

ただ、みけんが切れたので血《ち》がたくさん、ふきだしたのだ。

社務所《しゃむしょ》のおばさんに手当てしてもらいながら、チョロは、得意《とくい》そうに言った。

「あたい、ぜったいおタネを肥たごに落《お》としちゃう」

「だめよ!」

おばさんは、困《こま》った顔をしてとがめた。

「だめくないよ。あたい、強いんだもの」

チョロは、イテテ……と顔をしかめて、おばさんの持《も》つオキシドールのびんを押しやった。

おばさんは、こぼれないようにあわててびんを持《も》ちかえて、

「強い子は、そんなことをしないのよ。いじめられたら逃《に》げるのよ。あなたなら、逃げきれるわ。おばさんとこに逃げてらっしゃい。そしたらおばさんが言ってあげるから……」

「やだよ」

顔をゆすぶってチョロはつづける。

「ずっと前あたい、あの子を肥《こえ》だめに落《お》としたんだよ、おばちゃん、知ってる」

「知ってますとも、おタネちゃんあのとき、死《し》にそうになったのよ」

「ほんとですか?」

ゆうこは思わず聞《き》き返《かえ》した。

「たいへんだったの。お母さんが、気がつかなかったら、死んでいたかも……この子は問題児《もんだいじ》なの。倉右衛門《くらえもん》さんたちが、もう村にはおかないって言いだしているのよ」

チョロの傷《きず》の手当てをおわると、おばさんはゆうこを見た。

チョロは、ひざではってシロのようすを見に縁側《えんがわ》に出た。

「こんどはあなたの番よ。じっとして！　ひどいもんだわね」

おばさんは、ゆうこの頭の鳥もちにためいきをついている。ねばねばして、どうしてもきれいにならない。

「少しだけ、はさみで切っていい？」

気《き》の毒《どく》そうにおばさんは言って、

「あの子たちにも困《こま》ったものだわ。いじめがだんだんひどくなって……チョロもかわいそうなのよ。みんなに目のかたきにされて……ほんとはいい子なのに。とってもいい子なのよ、チョロは」

ゆうこは、ジョリ、ジョリ髪《かみ》の毛《け》の切れる音をなさけない気持《きも》ちで聞きながら、小声でたずねた。

「チョロのお父さんや、お母さん、どうしたんですか？」

「ええ、それがわからないのよ」

ちょっと間をおいて、おばさんは耳打《みみう》ちした。

「あの子、収容所《しゅうようじょ》から逃げてきたらしいの」

「収容所？」

「孤児収容所《こじしゅうようじょ》よ。ひどい仕打《しう》ちをされていたらしくて、はじめはものをしゃべらなかったのよ。いまよりずっと、ガリガリで……」

ところで、と言うように、おばさんはゆうこを見つめた。

「さっきの話だけど、本当？」

「えっ？」

ゆうこはおばさんに、聞《き》き返《かえ》した。

「アメリカ人とかなんとかいう話。そこからあなたの身元《みもと》がわかるかも……」

「いいえ、おばさん」

ゆうこは、もう何回も話した、あの話をまた、くりかえした。

でも、おばさんさえもが、やっぱりゆうこを信《しん》じてくれない。

「でも、二世《にせい》ってことも考えられるし……英語《えいご》がペラペラできるんですもの」

「でも、英語は塾《じゅく》で……」

ゆうこは悲《かな》しくなった。

だれも、ゆうこの言うことを信じてくれない。

涙《なみだ》があふれた。むざんに切りとられた、じまんの長い髪《かみ》の毛《け》を見ると、よけいに悲しくなった。

　涙が止まらない。

　しゃくりあげるゆうこの肩《かた》をなでながら、おばさんは、やさしくなぐさめた。

「だいじょうぶよ。何かのひょうしにきっと、思い出せるわ。それに、駐在《ちゅうざい》さんも身元さがしをはじめたらしいの。まだ、まいごのとどけはないようなんだけど……」

　言いかけておばさんは、ハッとしたように、外を見た。

　口をへの字にまげた倉右衛門《くらえもん》さんが、こわい顔をして神楽殿《かぐらでん》にむかっていく。

「まただわ……また、げんさんにいやみを言いにいくつもりよ」

　おばさんは言って立ち上がった。

「ちょっとげんさんのところに行ってきます。遊《あそ》んでなさい。あとで体を洗《あら》ってあげるから」

　言いのこしておばさんは、となりの神楽殿へといそいだ。

　しばらくたつと、おばさんは帰ってきて、聴診器《ちょうしんき》と注射《ちゅうしゃ》の道具《どうぐ》をとりにきて、ゆうここにこぼした。

「倉右衛門さんにも困《こま》ったわ。げんさんの病気《びょうき》にまるっきり理解《りかい》がないんだから……」

「おじさん、どうかしたんですか？」

「ええ、せきが……気になることばかり言うから発作《ほっさ》がおきたの。いい薬《くすり》があるといいのだけれど……」

おばさんは、またあたふたと神楽殿《かぐらでん》へもどっていった。

チョロが言うとおり、社務所《しゃむしょ》のおばさんは、とてもやさしい人だった。

ゆうこは、すぐにおばさんが好《す》きになった。

（いつかきっと、わかってもらえる。おばさんにだけは……）

悲《かな》しい日々

ある日の夕方、神楽殿にもどるとオイチャンが例《れい》のぜいぜい声で報告《ほうこく》した。

「きょうは、いいことと悪《わる》いことがあった」

「いいことって何？」

チョロが鼻《はな》をモコモコッと動《うご》かして聞いた。

「赤飯《せきはん》だ。きょう、おだいじん様《さま》のお宮参《みやまい》りがあった」

おだいじん様とは、この村の村長さんのことだった。

この村には、赤ちゃんが生まれると、お赤飯を持《も》ってお宮にお参りに行く習慣《しゅうかん》がある。そして、神様《かみさま》にお供《そな》えしたあと、集《あつ》まってきた人たちに、少しずつおすそわけするのだ。

この村には、飢《う》えた人たちがおおぜいいたから、そんなときには、こどもたちはおろか、おとなもいっぱいいむらがって、たいへんなさわぎになる。

が、きょう、オイチャンはじっとしていてもお赤飯にありつけた。

村長さんはやさしい人で、オイチャンが神楽殿にいることを応援《おうえん》してくれている。

だから、倉右衛門《くらえもん》さんもオイチャンを追《お》い出《だ》せずにいる。

きょうは、その村長さんの孫《まご》の初参《はつまい》りがあったのだ。

村長さんの奥《おく》さんは、病気のオイチャンに、特別《とくべつ》あつかいでお赤飯をわけてくれた。

お重《じゅう》から、ごそっとひとかたまり、オイチャンの手にのせてくれた。

「すごい！」

「すごい！」

ぴかぴかのお米にこうばしい小豆《あずき》の香《かお》り。

（こんなおいしいものを食べるのは、本当にひさしぶり）

ゆうこにとっても、チョロにとっても、あの日の赤飯《せきはん》は、一生わすれることができないほどの大ごちそうだった。

いつも食べる、水みたいにうすいおかゆは食べても食べても、おなかがすいてしまう。

それなのに、おかゆはたいてい、欠《か》け茶わんに一ぱいずつしかない。

ゆうこたちは、いつもはらぺこだった。

ゆうこは思い出していた。

（あれは夢《ゆめ》だったのかしら？）

（ほんとにあったことだったのかしら？）

（昔《むかし》、たしかに食べたごちそう）

いまでは手のとどかないところに行ってしまった、幻《まぼろし》の世界《せかい》のすばらしい味《あじ》――。

一度《いちど》でいいから、チョロにジャンボバーガーを食べさせたい。

おじさんに栄養《えいよう》のあるものを食べさせてあげたい。

夜中に、おなかがすいて目がさめた。

ゆうこはつぎつぎに、あの豊《ゆた》かな世界のありとあらゆる食《た》べ物《もの》を連想《れんそう》した。フライドチキン、ローストビーフ、シチュー、ライスカレー、ハンバーグ、たこやき、てんどん、カツどん、アイスクリーム、ピーチメルバ、ショートケーキ、イチゴ、スナック菓子《がし》、おすし、おしるこ、おまんじゅう、おせんべい。そのほかいくらでもある。

オイチャンは、ぜいぜい息《いき》をつきながら、さっきからずっとうなっている。

（眠《ねむ》れないんだわ）

蚊《か》とりせんこうのかわりに燃《も》やすヨモギがいぶっている。

ゆうこは起《お》きていって、オイチャンにうちわの風を送《おく》った。

オイチャンはすぐに感《かん》じて、見えない目をあけた。

「ありがとうよ」

せきがようやく止まると、オイチャンはポツリと言った。

「ゆうこちゃんよ」

「はい」

「オイチャン、さっき、悪《わる》いことがある、って言っただろ?」

(そうだ。あのとき、おじさんは、たしかきょうはいいことと悪いことがあった、と言った)

ゆうこは思い出した。

「悪いことっていうのはなあ……」

オイチャンは、さびしそうな声で言って、ためいきをついた。

「チョロも、いつまでここにいられるかわからんなあ……」

「えっ?」

「倉右衛門《くらえもん》さんがなあ……」

オイチャンは、県庁《けんちょう》のある大きな町の孤児収容所《こじしゅうようじょ》が、チョロをひきとりにくることを、倉右衛門さんがオイチャンに伝《つた》えにきたと言った。

「あんたのことも、いろいろ調《しら》べているそうだ。そりゃたしかに、チョロだってあんただって、オイチャンとこうしているよりも、ちゃんとしたところに行ったほうがずっといいかもしれん。でもなあ……」

オイチャンの声があんまり悲《かな》しそうだったので、ゆうこはすかさず言った。

「でも、チョロはおじさんといたいのよ。いつだっていつだって、おじさんといっしょにいたいの」

そのままオイチャンはだまりこんだ。

静《しず》かだった。

ひゅー、とひとつ、ためいきが聞こえた。

「おじさん」

ゆうこは小声でよんだ。

返事《へんじ》はなかった。

(オイチャン泣《な》いてる！)

ゆうこはドキッとした。

夜の大気が、戸のない神楽殿《かぐらでん》に霧《きり》といっしょにしのびこむ。
夕べ、社務所《しゃむしょ》のおばさんにもらったふとんにくるまって、ゆうこは泣《な》いた。
声を出さずに、ぼろぼろと泣いた。
しょっぱい涙《なみだ》をなめながら、ゆうこはふしぎな気がした。
ゆうこは、自分のことが悲しくて泣いているのではないことに気がついておどろいた。
ゆうこは、オイチャンのために泣いていた。
病気《びょうき》のおじさん！
家もなく、目も見えなくて、体も日に日に弱っていく。
おじさんの病気は思ったよりずっと重《おも》いのにちがいない。
だって、こんなに苦《くる》しんでいるのだもの。
ゆうこは戦争《せんそう》についても考えた。
戦争に行ったおじさん。
こんなやさしいおじさんが、人を殺《ころ》さなくてはならなかった戦争。
チョロから父さんや、母さんをうばい、あんなにかわいいチョロをひとりぼっちにしてしまった戦争。

ゆうこだって、昔《むかし》、戦争があったことは知っていた。

毎年、八月十五日には、終戦《しゅうせん》を記念《きねん》して、テレビや、ラジオで、戦争に関係《かんけい》した番組が放送《ほうそう》される。

でも、でも、あれは大昔、とっても昔の大昔。

ゆうこには関係ないことだと思っていた。おとなの世界《せかい》のできごとだと思っていた。

暗《くら》やみの中で、ゆうこは考えた。

人の運命《うんめい》について、はじめて考えた。

不幸《ふこう》って、いったいなんだろう？

幸《しあわ》せって、いったいなんだろう？

おじさんはこんなにやさしい、よい人なのに、なぜこんなに不幸なのか？

こんなにも健気《けなげ》でがんばりやのチョロが、なぜ、めぐまれない暮《く》らしをしなければならないのか？

ゆうこは、自分について考えた。

もといた世界で、いつも自分が考えていた不満《ふまん》について考えた。

ゆうこは、長い間ずっと、自分は幸《しあわ》せじゃないと思いこんでいた。八つのときに母さんが死《し》んだから……父さんが、お酒《さけ》を飲《の》んであばれるから……そして貧乏《びんぼう》。友だちには、ぜったい知られたくない家庭《かてい》の事情《じじょう》。

(でも、それだけだったかしら？　ほんとにそれだけだったかしら？)

心の中でポン！　と何かがはじけたような気がした。

(そうじゃない！　ちがうわ)

ゆうこは考えつづけた。

第一《だいいち》、あたしには、やさしくしてくれるおばさんがいた。神楽殿《かぐらでん》なんかじゃなくて、ちゃんと戸のしまる家があった。小さいけど自分の部屋《へや》まであったじゃないの。

おいしいご飯《はん》も、いつでも好《す》きなだけ食べられた。それに父さんだって、お酒《さけ》を飲《の》まないときには、あばれたりしない。やさしいときだってあるじゃないの。

きげんのいいときには、何か買ってくれる。この間、たのんだら、高い月謝《げっしゃ》をはらって、英語塾《えいごじゅく》にまで入れてくれたわ。

おまけにあたしには、ゆうすけくんもいる。チョコレートまでくれたじゃない。

ゆうすけくんは、なぜチョコレートをくれたのかしら？　あたしが、お金持《かねも》ちのおじょうさんだから？

ちがうわ。それなら理奈《りな》ちゃんにあげるはずよ。そうだわ、ゆうすけくんは、あたしが好きだから、だから、あたしにくれたのよ。

そして、おばさん……おばさんのことを考えると胸《むね》がいっぱいになった。

あんなにすばらしいおばさん。ほがらかで、だれにでも親切で、ぐちひとつ言わずにお寺の仕事《しごと》を手伝《てつだ》っている。

おばさんは、あたしをこどものようにかわいがってくれた。

なのにあたしは、おばさんの親切をことわった。

（はずかしいだなんて……おばさんがせっかくやってくださるバースデーパーティーが、はずかしいだなんて！）

ゆうこは、涙《なみだ》をこらえるために、がむしゃらに息《いき》をすった。

でもだめだった。涙があふれてほおを流《なが》れ、いくらがまんしても止まらなかった。

（ばちだわ）

ゆうこは、さっきから思っていたことを口に出してつぶやいた。

「ばちだわ！」

ゆうこは思った。

（神様《かみさま》があたしに罰《ばつ》をあたえたんだわ。そうじゃなきゃ、こんなことが起《お》こるわけがない）

ゆうこはつっぷし、息《いき》を殺《ころ》して泣《な》きつづけた。


こうして、セピア色の世界《せかい》の、つらく悲《かな》しい日々は、明《あ》け暮《く》れていった。

オイチャンの体は、日ごとに弱っていった。

だんだん食《た》べ物《もの》が、のどを通《とお》らなくなった。

体じゅうが吹《ふ》きでものにおおわれ、そのにおいで、オイチャンがどこにいるかがわかるほどだ。

シロも元気がない。あの日、こどもたちにたたかれた傷《きず》が、化《か》のうしてなおらない。

傷口に、ひっきりなしにハエがたかる。

「きゅん、きゅん」

そのたびにシロは、悲しそうな悲鳴《ひめい》をあげた。

犬につかう薬《くすり》など、どこをさがしてもない。社務所《しゃむしょ》のおばさんに言われて、チョロとゆうこは、わき水でシロの傷口の手当てをした。

それから、おばさんにもらったハンカチをさいてしばってやった。

オイチャンの病《やまい》は、疲《つか》れと栄養失調《えいようしっちょう》から起《お》こった難病《なんびょう》だった。なおすためには何より、栄養価《えいようか》の高い食べ物が必要《ひつよう》なのだ。

社務所のおばさんがあいかわらず、なけなしの食べ物をわけてくれた。

でも、おばさんだって、おなかいっぱいは食べていないのだ。

ときどきしか手に入らない高い薬も村の人にないしょでのませてくれた。

それでも病気は悪《わる》くなるばかりだ。

村長さんの奥《おく》さんも、ときどき何かをくれるようになった。

でもそんなとき、オイチャンは、ぼろの中から、首だけ出して「いいからおまえたちでごちそうにおなり！」と弱よわしい声で言うようになった。

カシワのスープ

あの夜、月が美《うつく》しかった。

オイチャンは、いくらか気分がよくて、神楽殿《かぐらでん》の舞台《ぶたい》のはしまで出てきた。

社《やしろ》の杉林《すぎばやし》は月光にぬれ、かぐわしいにおいがあたりに満《み》ちていた。

オイチャンは、月の光のシャワーを浴《あ》びて、白木の像《ぞう》のようにかがやいていた。

月に顔をむけ、オイチャンは大きく息《いき》をすいこんだ。

「こうしていると思い出すなあ……」

満ち足りた満足《まんぞく》そうな声だった。

「オイチャンの田舎《いなか》ではなあ、祭《まつ》りの日には、うどんを打《う》つんだ。母さんが、粉《こな》をこねて、それをのばす。細く切るのはおばあさんの役目《やくめ》だ。父さんが、ニワトリをさばく。ダイコンや、ニンジンをどっさり入れて、上等《じょうとう》のカシワのスープでじっくりとそれを煮《に》こむ。おいしかったなあ……」

聞いているゆうこたちも同じだった。つばが出て、胃《い》がキュンと痛《いた》くなった。

「あのうどん、もう一度《いちど》、食べたいなあ。死《し》ぬ前に、せめてスープだけでも飲《の》んで死にたい……」

オイチャンは、とぎれ、とぎれにつぶやいた。

オイチャンは夕べから何も飲み食いしていなかった。

うすい重湯《おもゆ》も、チョロが苦心《くしん》して作るザリガニのスープも、オイチャンの胃は、もううけつけてくれなかった。

せんたく場の豊《ゆた》かなわき水だけが、オイチャンの命《いのち》の源《みなもと》だった。

茶わん二、三ばいの冷《つめ》たい水が、枯《か》れ木《き》のようなオイチャンの体を奇跡的《きせきてき》にささえていた。

その夜、チョロは、めずらしく寝《ね》つけないようすだった。

ゆうこがもぞもぞ動《うご》くと、待《ま》っていたように話しかけてきた。

「ねえ、カシワって、鳥かい？」

「そうよ」

ゆうこは、前にテレビで料理《りょうり》の先生が言っていたことを思い出して答えた。

「関西《かんさい》の方では、鳥肉のことをカシワと言うんですって」

「ふーん……」

しばらくだまって、またチョロはたずねた。

「ねえ、チャボは、鳥肉だよね？」

「ええっ？」

ゆうこはとまどった。

「そりゃあ……そりゃたしかに……」

ゆうこは、首をかしげながらつづけた。

「チャボは、まだ、肉じゃないけど……鳥は鳥だわよ。ニワトリの小さいのだもの」

「だよね」

チョロは、くるっと起《お》き上《あ》がった。

「あたい、倉右衛門《くらえもん》さんとこへ、行ってくる……」

「えっ、こんな夜中に？」

「いいの……」

息《いき》をひそめてチョロははい出した。

地面《じめん》におりる音がした。シロがめざとく見つけ、あとを追《お》っていく。

ゆうこも、いそいで神楽殿《かぐらでん》をぬけだした。

うす暗《くら》やみの中でチョロがシロをなだめている。

「シロ……おまえは、帰りな！」

「おまえは、傷《きず》がなおってないだろ！　あたい一人でだいじょうぶだよ」

シロのやせたおしりに手をかけ、押《お》しもどそうとする。

ところが、シロはきかない。フラフラしながら、どうしてもついていこうとする。

ゆうこは、走っていって、とおせんぼした。

「どうするのよ。何しにいくのよ？」

「………」

チョロは口をつぐんで、つっ立っている。

「言いなさいよ。ないしょなんて、ひどいじゃない……」

チョロは口の中でボソボソつぶやいた。

「ええっ、チャボ？」

ゆうこはおどろいた。

「チャボをもらう？　無理《むり》よ」

あっけにとられて、ゆうこは叫《さけ》んだ。

ケチで有名な倉右衛門《くらえもん》さんが、大事《だいじ》なチャボを一羽でもくれたら、ゆうこはさか立ちするだろう。

ましてて、チョロが肥《こえ》たごに落《お》としたいじわるなおタネは、倉右衛門さんのひとりむすめなのだ。

「ふふん……いいんだよ」

やみの中でチョロの白い歯《は》が光った。

「いいったって……」

「いいの！」

チョロはおとなっぽく手をふってスタスタ歩き出した。

「待《ま》って、待ってよ」

追《お》いかけるとチョロは、気どって腰《こし》をたたいて見せた。変《へん》なものがぶらさがっている。

「ええ？　それなあに？」

ゆうこは口をポカンとあけた。

「これ、ジャガイモのふくろだよ」

ふくろを腰からはずし、ばたつかせながらチョロはつづけた。

「ニワトリは夜、目が見えないからさあ……」

「だから？」

「だから……わかんないの？　チャボをつかまえるんだよ」

「つかまえるの？」

「そう。スープにしてオイチャンに飲《の》ませるの」

「ええっ、スープ！」

つぎのことばが出なかった。

「だめ！」

ゆうこはジャガイモぶくろを取《と》り上《あ》げた。

「そんなことだめ！　だって、それじゃどろぼうじゃないの！」

返事《へんじ》は返《かえ》ってこなかった。チョロはジャガイモぶくろをひったくって走りだした。

シロが追いかける。

しばらくは、シロのしっぽがフワフワしながら暗《くら》やみにただよっていたが、やがてそれも見えなくなった。

（本当にチョロは、倉右衛門《くらえもん》さんのチャボをぬすみだすつもりなのかしら……）

ゆうこは心配《しんぱい》になって、あとを追った。

林をぬけ、小道を右にたどると倉右衛門さんの家の裏《うら》だ。

竹やぶの手前でキョロキョロしていると何かにつまずき、ころびそうになった。

チョロだった。

「シィ！……」

落《お》ち葉《ば》の中からチョロがささやいた。

「入んな、ここに……」

体をずらせて場所《ばしょ》をあける。

そこは垣根《かきね》にそった溝《みぞ》だった。

枯《か》れ葉《は》がたっぷり吹《ふ》きだまっている。

「わかった！」

ゆうこもチョロのとなりにすべりこんだ。

「ここ、あたいがいつもたまごをひろうところだよ」

チョロが言った。

「ひろう？」

「とるんじゃないよ。チャボがかってにきてたまごをうむんだもん」

「へえ、そりゃ、まあ、そうかもしれないけど」

ゆうこは、なんだかおかしくなった。

「じゃ、もうすぐチャボがくるわけ？」

「うん」

コクンとチョロがうなずいた。

「で、それをあんたがつかまえるわけ？」

と、チョロはしばらく考えこんで言った。

「チャボはこないや。夜は、鳥小屋《とりごや》にいるんだ」

言うが早いか、チョロは起《お》き上《あ》がった。

「どこ行くの？」

「納屋《なや》だよ」

「納屋？」

「倉右衛門さんちの納屋！」

「なんでなのよ、どうしてそんなところに行くの？」

「いいから……シロを見ててよ」

チョロは、短《みじか》く言い、落《お》ち葉《ば》をけたてて飛《と》び出《だ》した。

あやつり人形のようにはねながら、見る見る遠ざかっていく。

ゆうこはシロを押《お》さえていた。

五分かそこらでチョロはもどってきた。クワのようなものをかかえ、にこにこしている。

「あたい知ってたの。納屋《なや》はあけっぱなしなんだ。針金切《はりがねき》りかなんか、さがしたんだけどさ」

「針金切り？」

「うん、金網《かなあみ》をやぶるの。でも、これでもだいじょうぶ」

チョロはクワをトンとやって、ゆうこに命令《めいれい》した。

「さあ、行こう。あんたは見はりだよ。だれかきたらシロをはなすんだよ」

ゆうこは、チャボのいる鳥小屋《とりごや》の見えるヤツデの木のかげで、見はりをすることになった。

しばらくすると土を掘《ほ》る音がしはじめた。サクッ、サクッ……………。

やけにひびく音だ。ゆうこにはやっと、チョロの考えがわかった。

チョロは、金網の下を掘って穴《あな》をあけ、そこからチャボをぬすみだすつもりなのだ。

(そんなことができるかしら?)

ゆうこは心配《しんぱい》でたまらなくなった。

(第一《だいいち》、人に見つかったら、どうするつもりかしら。これじゃ、どこから見たってどろぼうよ)

いてもたってもいられなくなって、ゆうこはチョロのそばにかけよった。

「やめなさい。だめ！　そんなことしちゃだめ！」

サクッ、サクッ…………。

チョロは返事《へんじ》もしない。だまってただ、作業《さぎょう》をつづける。

サクッ、サクッ………。

チョロは掘りつづける。音のわりには穴は大きくならない。

「ねえ、聞こえちゃうわ」

ゆうこは気が気でなかった。

「かして！　わたしがかわる」

ゆうこはクワに手をかけた。

「だめ！」

「だって、掘《ほ》れてやしない！　ねえ、かしなさいよ」

「うるさいなあ。だまっててよ」

遠くで犬が「ウ、ウオ、オオーン」と鳴いた。

シロが異常《いじょう》を感《かん》じてグオッ、グウオッッと、のどでほえる。

「だまらせな！」

ヒステリックにチョロが叫《さけ》んだ。

「何よ！」

ゆうこも、どなりかえした。

「掘れてやしないじゃないの。こんな小さな穴《あな》から、どうやって入るのよ？」

「もっと掘るの？」

けんめいにクワをふるいながらチョロは答えた。

「もうちょっと掘るの。もうちょっと掘ったら、シロを行かせるから」

「シロを？」

「そう、シロが行くの……あたい、いいこと考えちゃった！」

いたずらっぽい目が、月光にキラッと光った。

「あたいのシロは、ちゃんとチャボをとってくる……」

おまじないのようにチョロはとなえた。

サクッ、サクッ………。

小石まじりの土が少しずつ掘《ほ》り返《かえ》され、穴はチョロのはく息《いき》に比例《ひれい》して大きくなっていく。

「えい！」

力を入れたひとかきで、柵《さく》の下に空洞《くうどう》ができた。

「ほら！」

クワを投《な》げ出《だ》したチョロは、手で土をかき出しながら言った。

「シロが入るの」

「そこから？」

「そう、ちっちゃくなれば入れるよ。ね！　シロ」

チョロはシロの首輪《くびわ》をつかみ（シロの首には、ぼろ布《ぬの》の首輪がまきつけられていた）穴《あな》のそばに顔を押《お》しつけた。

「さあ、シロ、入んな。チャボだよ。チャボをつかまえるんだ。おまえ、ちゃんとできるね。あたいがここで待《ま》ってるからね、静《しず》かに！　ほえちゃだめだよ。そっと行って一匹《いっぴき》だけくわえてくるんだよ」

くりかえし耳元で言い聞かせると、シロは勇《いさ》み足《あし》で立ち上がった。

（いいぞ、いいぞ）

胸《むね》がドコドコ鳴った。

（まったくいい考えだ。こうしてチャボをいただけば、あたしたちが倉右衛門《くらえもん》さんから、うたがわれることもないだろう。イタチかなんかにやられたと、あきらめるにちがいない）

ゆうこは、ほっと胸をなでおろした。

が、なかなか思ったようにうまくいかない。シロがいやいやをして、あとずさりをはじめたのだ。

「シロ、さあ、行きな！　ほら」

「シロ！　行きなさいよ。早く……」

二人で言い聞かせても、シロはぜんぜん言うことを聞かない。

頭を穴に押《お》し入《い》れようとしても、前足でつっぱって体をちぢめない。

「ちょっと無理《むり》じゃない？」

見かねて、ゆうこは口を出した。

「でもシロは、やるよ」

チョロは強気だ。

「まだ傷《きず》がなおってないし……それに、シロじゃ、そこまで頭が働《はたら》かないんじゃないかなあ……」

「だいじょうぶだよ、ね！」

チョロは座《すわ》りこみ、シロにお説教《せっきょう》をはじめた。

「行ってね、オイチャンにスープをあげたいだろ。チャボはスープなんだよ」

シロは少し首をまげ、チョロの目をじっと見る。

「あ、そうだ！」

チョロはにこっとした。

「骨《ほね》はシロにあげるよ」

シロはますますわからない、というようにまた、首をまげる。

「あのね……」

チョロはシロの耳に口を押《お》しつけて言った。

「ほんとは、あたいが入りたいのさ。でも、あたいの穴《あな》を掘《ほ》ってたら朝になっちゃう。チャボが目をさましちゃう。いまだって、ココ、コッて聞こえるだろ！　起《お》きかけてるんだ。起きたらどうなる？　倉右衛門《くらえもん》さんがくるよ。そしたらおまえ、刑務所《けいむしょ》行きだよ」

シロときたら、ぜんぜんわからない。しっぽをふって大よろこびだ。

「もう！」

いらだったチョロはシロの頭をかかえこみ、ひざをつかって、無理《むり》やり金網《かなあみ》の中に押しこんだ。

シロはキョトンとしていたが、そのうちトコトコと鳥の寝《ね》ている木箱《きばこ》へと近づいていった。

それから大さわぎがはじまった。

コオッ、コッ、コッ、コ、クワーックワックワッ、バタバタ、バタ、バタ……ウー、ワンワン、ケケッコー、ワン、ワン、キャンキャン、バタバタ、バタ、バタ、モオーウ

ものすごい大合唱《だいがっしょう》だった。母屋《おもや》の牛までが大声でわめいた。

どぎもをぬかれて、ゆうこたちはつっ立っていた。

母屋が、きゅうにさわがしくなった。

表戸《おもてど》のきしる音がして、人がバラバラと飛《と》び出《だ》してきた。

「たいへんだ」

反射的《はんしゃてき》に鳥小屋を見た。

シロが、くるったようにニワトリを追《お》いかけまわしている。

「逃《に》げて！　シロ、逃げるんだよう！」

チョロがむちゃくちゃに金網をゆすっている。

「ああ、もうおしまいだ」

いかりくるった倉右衛門さんが、こん棒《ぼう》をふりかざして走ってくる。

「チョロ、逃げて！　早く」

声のかぎりに叫《さけ》んで、ゆうこはかけだした。夢中《むちゅう》で走りつづけて竹やぶに飛《と》びこんだ。

つんざくような悲鳴《ひめい》が聞こえた。

(チョロだ！)

どなり声と悲鳴がいりまじった。

(やられてる。あの子、なぐられてる)

ガクガクしながら、ゆうこは足ぶみした。

「逃《に》げないからよ。ばか！　チョロのばか！　おばかよあんた。逃げろって言ってるのに、わかんなかったの？」

口走りながらゆうこは、ハッとした。

(そうだ。逃げられなかったんだ、チョロは……)

金網《かなあみ》にすがりついてシロに叫んでいたチョロの姿《すがた》が、胸《むね》にささった。

(シロを置《お》いて、あの子は逃げられなかったのよ。シロを置いて……)

「あんたはどうなの？　ひきょうもの！　さっさと自分だけ逃げるなんて……」

ゆうこは、むがむちゅうで竹やぶから飛《と》び出《だ》していった。

つかまって

あわただしく夜があけた。

ゆうことチョロは、倉右衛門《くらえもん》さんの家の土間に手足をしばられて、座《すわ》らされていた。こわくはなかった。土間にいるのは、おふじさんという、顔が地面《じめん》につきそうなほど腰《こし》がまがった、よぼよぼのばあやさんだけだった。

おふじさんは、倉右衛門さんのすきを見て、胸《むね》に食いこんだなわをゆるめてくれた。それから、たたかれたところにお酢《す》とメリケンコでつくったシップをしてくれた。

倉右衛門さんは、声が枯《か》れるほどどなると、どなり疲《つか》れたのか、あたふたと、またどこかへ出かけていった。

とり入れの季節《きせつ》が近い。農家《のうか》の朝はおおいそがしだ。前庭《まえにわ》から納屋《なや》のあたりを使用《しよう》人《にん》が行ったりきたりしている。

が、だれもゆうこたちを気にする人はいない。

おふじさんは、家じゅうに人がいなくなると、手足のなわをほどいて、梅干《うめぼ》しのおにぎりとたくわんを食べさせてくれた。

おいしかった。ほっぺたが落《お》ちるほどおいしかった。

がつがつほおばる二人に、せかせかとおふじさんはささやいた。

「ようく食べとけ。昼から駐在《ちゅうざい》に渡《わた》されるで」

「ちゅうざい？」

「おまわりさんだよ」

チョロが言った。

「えっ、おまわりさん！」

「こわくないよ」

おふじさんがくれたお茶をごくっと飲《の》んで、チョロはゆうこに言った。

「駐在のおじちゃんは、オイチャンの友だちだから、つかまえないよ」

「したけど、こんどはどうだかな？」

おふじさんが、思わせぶりにチョロに言った。

「でも、へいきだよ」

少し心配《しんぱい》になったチョロが言《い》い返《かえ》す。

ゆうこは、おそるおそるおふじさんにたずねた。

「おばあさん、あたしたち警察《けいさつ》につかまるんですか？　チャボをぬすもうとしたから？」

「そればっかりじゃないさ。前から家のだんなが言ってただよ」

おふじさんは、おとなに言うように話しはじめた。

「だいたい家のだんなは反対《はんたい》なのさ。神楽殿《かぐらでん》にこじきを住《す》まわせるなんて、とんでもねえって……だけんど村長さんが、にらみをきかせていなさった。村長さんのひとり息子《むすこ》はサイパンで玉砕《ぎょくさい》されてな」

「ぎょくさい？」

「たくさんの日本兵《にほんへい》が死《し》んだだよ、戦争《せんそう》ちゅうに……なんでも、こじきのげんさんは、そんときの生きのこりらしい。それやこれやで村長さんは、げんさんがあそこに住むのを大目に見てるだ。だけんど氏子《うじこ》の中には反対《はんたい》する人もいてな。神様《かみさま》のお住まいをこじきに貸《か》したら、いまにバチがあたるべと心配《しんぱい》してるだ。そんなことをして、都会《とかい》から流《なが》れ者《もの》がやってきて、みんな住みついたら、この村はどうなると……なあ！」

おふじさんは、ゆうこたちに意見《いけん》をもとめるようにつづけた。

「そんで、こんだの事件《じけん》だわ……おめだちまた、ばかなことしたなあ。こんではあ、チョロは収容所《しゅうようじょ》行きだよ」

「収容所?」

「孤児収容所《こじしゅうようじょ》……浮浪児《ふろうじ》の行くところだがね」

「ふろうじ?」

「家のない子だがね。そんなこどもたちが、いっぱい集《あつ》まって暮《く》らしてるところだがね。ろくなとこじゃない。食《た》べ物《もの》だってないし、そりゃ、この村にいるほうがどれだけ安心《あんしん》かわかりゃせん」

おふじさんは、しわだらけの口をせわしく動《うご》かしながら、かわるがわるゆうこたちを見た。

「チョロもなあ、いたずらがひどすぎて……つぎつぎとんでもないいたずらをしでかす。ところであんた……」

おふじさんはきゅうに思い出したというように話題《わだい》をかえた。

「あんた名前はなんて言うの? 頭が変《へん》になったとか聞いたけど、名前ぐらいはおぼえているのけ？」

「ちゃんと覚《おぼ》えています。ゆうこです。水沢《みずさわ》ゆうこです。それに、頭はふつうです」

ゆうこは、少しむっとして答えた。

答えながら悲《かな》しくなった。だれもかれもが、ゆうこの言うことを信《しん》じてくれない。

（倉右衛門《くらえもん》さんと、このばあやさんにまで、ゆうこのうわさが、こんなふうにして広まっているなんて……）

まったくだ。だれも信《しん》じてくれない。

オイチャンはもとより、あのやさしい社務所《しゃむしょ》のおばさんも、村長さんの奥《おく》さんも、いいえ、村の人全体が、ゆうこのことをどこか都会《とかい》からまよいこんできた、頭のおかしい女の子だと思いこんでいる。

ゆうこは、もう一度《いちど》はっきりとくりかえした。

「それに、まいごや、浮浪児《ふろうじ》でもありません。タイムスリップしたんです。このことをチョロは知っています」

ゆうこは、熱《ねっ》を入れて話した。なるべくわかりやすく、もといた世界《せかい》のことを話した。もしかしたら、おふじさんならわかってもらえるかと思って。

が、おふじさんはしわだらけのおちょぼ口でほほえんで、こう言っただけだった。

「そうかい、そうかい、ゆうこちゃんかい。ごめん、ごめん。そったらいいところから舞《ま》いおりてきたってことは、知らなんだ。まるでかぐや姫《ひめ》の話みてだの」

ひと息《いき》ついて、またおふじさんは話しはじめた。

「まあ、かぐや姫の話は、それはそれとして……。村じゃ、あんたのことが問題《もんだい》になってるだよ」

「あたしのことが？」

「こじきのげんさんから聞かなかったかい？　役場《やくば》で、あんたのことが話し合われてるそうだよ。ちゃんとしたところへとどけねばいけね、ってことだんべえ」

「とどける。それ、どういうことですか？」

「よく知らねえけんど、あんたをどこかへ送《おく》るってことだんべ」

「どこかへ送る？」

ゆうこは、つい大声を出した。チョロがピリッとした目で、おふじさんを見る。

「みんなが、言ってるだよ。あんたはきっと、いいところのおじょうさまにちげえねえだ。そりゃまあ、はじめはみんな、あんたも流《なが》れ者《もの》のこじき仲間《なかま》と思っていたけんどもよ。それにしちゃいろいろ変《へん》だ」

「それで？」

ゆうこは身《み》を乗《の》り出《だ》した。

「いま、駐在《ちゅうざい》が調《しら》べてるだよ。あんた、前に村長さんのおっかから何か聞かれなかったかい？」

そういえばいつだったか、村長さんの奥《おく》さんから、根《ね》ほり葉《は》ほり、ゆうこの名前や、両親《りょうしん》のことをたずねられた。

ゆうこは、できるだけくわしく、わかるように話したが結局《けっきょく》、信《しん》じてはもらえなかった。

村長さんの奥さんは、話を聞くと、何度《なんど》も何度もうなずいて、

「そうだったの。ゆうこちゃん、それで……木から落《お》ちたのね。そうね、チョロ。あんたは、それを見たのね！」

と念《ねん》を押《お》して、気《き》の毒《どく》そうな目でゆうこを見つめた。

おふじさんは、駐在さんが、県庁《けんちょう》のある大きな町に、ゆうこのことで出かけることになっている、と言った。

「あたしのことで、なぜ?」

言ったとたん、チョロが、話をさえぎった。

それから、二人の間ににゅうーっと手を出して、

「おにぎり、もっとおくれ」

と言って、わざと白目をむいてみせた。

「これだから!」

おふじさんは、ためいきをついた。

「いたずらで、いたずらで……ほんとにチョロはいたずらで困《こま》るだ」

「あたい、なんにもしないよ。ねえ、もう、なわ、しばらないだろ?」

「だめ! その手にはもうのらないよ。ちゃんとしばっておかねと、すぐに逃《に》げだすだから……」

おふじさんは、まじめくさって首をふる。

「うちのだんなが帰ってきなさるまでは、ぜったいにつかまえておく。きょうこそ駐在さんに引きわたすって、だんなさんがおこってるだ」

「もうしないよ。ほんと、いい子になる。モグラもやんないし、オシッコもやんない」

「えっ、それなあに?」

ゆうこは聞いた。

おふじさんは答えた。

「チョロは、前に、だんなにおこられた仕返《しかえ》しに、だんなのふとんにモグラの死《し》んだのを入れただよ。それから、ほしてあったふとんにオシッコをかけたの。ほんとに困《こま》った子なんだよ。この子は! それから、お夕ネじょうちゃんの肥《こえ》だめさわぎだろ。だんなさんが、カッカするのも無理《むり》ねえだ。なあチョロ」

「あたい、もうやんない。ほんとだよ、すごくいい子だもん」

チョロはまっかになって、もじもじした。

「そうだよな! チョロはほんとは、いい子なのによ。いたずらさえしなけりゃよ」

ためいきまじりにつぶやき、おふじさんは、ふとチョロを見た。

おふじさんはチョロに聞いた。

「おまえはいくつだい?」

「知んない!」

「知らなくはないだろう。六つか? 七つか? ここへきてから、もうなん年になる？」

「あたい、学校はやだよ」

「そんなことじゃねえ。ばあちゃんは、自分が奉公《ほうこう》にあがった日のことを考えていただ」

「ほうこうって、なんだい？」

チヨロが聞いた。

「年季奉公《ねんきぼうこう》ってなあ、父さんや母さんを助《たす》けるために、よその家に泊《と》まりこんで働《はたら》くことだよ」

「父さんや、母さんを助けるって？」

ゆうこは、ふしぎに思って聞《き》き返《かえ》した。

おふじさんの灰色《はいいろ》の目が、やさしくうるんだ。

「ばあちゃんの父さんはなまけものでね。ちっとも働いてくれなかったの。母さんはとても困ってね。弟や妹も、いっぱいいたからね。ばあちゃんをここにあずけて、お金を先にいただいたんだよ。だからばあちゃんは、小さいときから働かなくてはならなかったの」

ひと息《いき》すって、おふじさんはつづけた。

「ばあちゃんがはじめてここにきたのは、九つのときだあ……」

「九つ？　九歳《さい》？　そんな小さいときから働《はたら》いたの？　おばあさん」

「そうだよ。子守《こも》りをしたんだよ。毎日毎日、おしめを洗《あら》ったり、水くみをしたり。朝は早くから起《お》きて、マキを燃《も》して、ご飯《はん》をつくるんだ」

「じゃ、いつ学校へ行ったの？」

「学校？　学校なんか行かせてもらえなかったんだよ。だからばあちゃんは、はずかしいけど字も書けないんだよ」

「えっ、まさか！　ひらがなも？」

「そう」

うなずいて、おふじさんはにこっとした。

「でもね、ばあちゃん、自分の名前は書けるようになったの。いっしょうけんめい自分で覚《おぼ》えたの。ほら！」

おふじさんは、オクドサンという、ご飯をたくかまどの下から、燃《も》えがらになった炭《すみ》をとってきて、土間に大きく名前を書いた。

「ね、読めるかい？」

「はい」

ゆうこは、大きな声で、はっきりと読んだ。

「松野《まつの》ふじ。松野ふじ、さんでしょ！」

「読めた、読めた、読めたね、ゆうこちゃん」

おふじさんは、うれしそうにくりかえした。

ゆうこはおどろいた。

たった九つのときから、働きに出されて、そして、いまでもばあやさんとして、倉《くら》右衛門《えもん》さんの家の人にこきつかわれている。

なんて、かわいそうなおばあさんなのかしら。

それにひきかえ……ゆうこは、自分のことを考えた。

ゆうこは十二歳。でも、いままで働くなんてことは考えたこともない。

父さんからお金を出してもらって、学校へ行くことだって当たり前のことだと思っていた。

「母さんがいないから、仕方《しかた》がないや」と、ブーブー文句《もんく》を言いながら、家事《かじ》を手《て》伝《つだ》っていた。

父さんのことだって、悪《わる》い父さんだとばかり思っていた。感謝《かんしゃ》したことなど、一度《いちど》もない。

そうだ！　父さん。

なつかしさがこみあげた。

ふと気がつくと、おふじさんが遠くを見ながら、しきりにしゃべりつづけていた。

「そうだなあ。あのころはなあ……ばあちゃん、うちに帰りたくてな。もう、母さんに会いたくて、会いたくて、こわさもわすれて、夜中に山のむこうまで逃《に》げだしたもんだ。それでもすぐにつれもどされて、うーんとぶたれた。罰《ばっ》じゃ言うて、納屋《なや》にとじこめられて、ご飯《はん》ももらえなかった。悲《かな》しくて、悲しくて、涙《なみだ》ぼろぼろこぼしたの」

おふじさんは、自分のおしゃべりに気がつくと、照《て》れくさそうに笑《わら》った。

それから、何を思ったか歌をうたいはじめた。

おふじさんが、あかちゃんのお守《も》りをしながら、昔《むかし》うたった子守歌《こもりうた》だった。

♪ねんねこ、さっしゃしゃい。

　ねんねこ、さっしゃしゃい。

泣《な》いたらころころ、お山のキツネにくれてやる。

泣かずばころころ、ねえやのお里につれて行こ♪

気がつくといつの間にか、チョロがおふじさんの肩《かた》にもたれかかって眠《ねむ》っていた。

おふじさんは、そっとチョロをむしろの上に横《よこ》たえて、寝顔《ねがお》に見とれながら鼻《はな》をすすった。

「ふびんだのう。この子を見とると、ばあちゃんは泣けてくるんだ。戦争《せんそう》さえなかったらなあ。チョロだって、父さんや、母さんといっしょに暮《く》らして、楽しく学校へだって通《かよ》えるのにのう」

事件《じけん》

柱時計《はしらどけい》が二時を知らせても、駐在《ちゅうざい》さんはまだこなかった。

ゆうことチョロは、心配《しんぱい》だった。

「オイチャン、どうしているかなあ?」

「それよりシロは?」

「ちゃんと逃《に》げたさ」

「わかる?」

「いつも、ちゃんと逃げるもの」

「だいじょうぶかしら?」

「だいじょうぶ。きっと、オイチャンところに知らせにいったよ」

心配なことは、もうひとつあった。

みんなが、駐在《ちゅうざい》さんとか言ってるおまわりさんのことだった。

(駐在さんて、ほんとに、あたしたちをつかまえにくるのかしら?)

考えはじめると、気になって仕方《しかた》がない。倉右衛門《くらえもん》さんは、口をへの字にまげて、あいかわらずこわい顔をしている。

「やあやあ、おそくなって……」

三時すぎ、駐在さんがやってきた。

あがりがまちに腰《こし》かけて駐在さんは、まず、お茶うけのたくわんを口に放《ほう》りこんだ。

「いやいや、施設《しせつ》へ問《と》い合《あ》わせたが、なかなかたいへんでな」

お茶をすすりながら、ちらっとゆうこたちに笑《わら》いかけた。

「どうだ？　引きとってくれそうか？……」

苦虫《にがむし》をかみつぶしたような顔で倉右衛門さんがたずねた。

「それが、けっこう問題《もんだい》があるだよ」

駐在さんはのんきそうに、ちょびひげをなでた。

「これ以上《いじょう》、何が問題だ？」

倉右衛門さんの額《ひたい》に青すじがうかんだ。

駐在さんは、こどもに言うように言った。

「チョロには保護者《ほごしゃ》がいるだろう。まずは保護者の了解《りょうかい》をえねばなんねえ」

「保護者って、あのこじきのことか？」

くわえていた楊子《ようじ》をプッとはき出して倉右衛門さんは、言《い》い返《かえ》した。

駐在さんは、なだめるようにつづける。

「だけんどチョロは、げんさんがこの村につれてきたんだぞ」

「あきれたね、駐在さん。あんたの目はどこについてるんだ！」

倉右衛門さん、まっかになっておこった。

「あいつはこじきだぞ。村のやっかいものだ。あいつこそまっ先に追《お》い出《だ》さねばならんというのに……駐在《ちゅうざい》がそったらことでは困《こま》る」

駐在さんは、ますます落《お》ちついて答える。

「倉右衛門《くらえもん》さんよ。そのことは、もう話しずみだろう。げんさんを神楽殿《かぐらでん》に置《お》いてやることは、氏子《うじこ》の役員会《やくいんかい》で、ゆるされたことだ。いまさら、どうこう言ってもはじまらないべ」

「そうか！　わかったぞ」

おでこをつるりとぬぐうと、倉右衛門さんはどなった。

「あんたは村長の手先だな！」

「手先も何もあるものかよ。ただわたしは……」

「おれにかみつきたいだけなのか？」

「とんでもねえよ。わしはただ、げんさんの健康《けんこう》のことが気になるのだ」

「ふん、こじきの健康だと？」

「こじきだろうがなんだろうが、同じ人間だ。しかも、げんさんは戦争《せんそう》の犠牲者《ぎせいしゃ》だ。好《す》きでこじきになったわけじゃない。戦場で体をこわして働《はたら》けなくなっただけだ」

駐在さんは、やんわりした口調《くちょう》で説得《せっとく》する。

「げんさんはこじきでも、この村にいればなんとか食っていける。よそへ行けば、たちまち飢《う》えて死《し》ぬぞ。だいたい、あんたはよそ者《もの》が流《なが》れてくることばかり気にしているが、それはこの村が、よそよりそれだけ豊《ゆた》かだってことだ。

十年前のことを考えてみろ。この村は、日本じゅうからばかにされるような、貧《まず》しい農村《のうそん》だったのだ。それが、いまじゃ都会《とかい》の人がやってきて、ていねいに頭をさげる。どうか食《た》べ物《もの》をわけてくださいと、はいつくばるようにしてたのむ。なぜだ！　みんな食べ物のためだ。食べ物ぐらい大切なものはない。食べ物がなくては人間は生きていけねえからな」

「べらべらしゃべるな。いったいあんたは何を言いたいのだ？」

腹立《はらだ》たしげに倉右衛門さんは言った。

駐在さんは、やんわりつつみこむような調子で倉右衛門さんに話した。

「こんなときこそ腹を太くして、困《こま》ってる者を助《たす》けてやろうではないか？　それが倉右衛門さんたち、村のえらいさんの考えねばならねえことだ」

「なんだと？」

「あんたの蔵《くら》には、米がうなっている。都会から流《なが》れてきた人たちに、少しわけてやったらどうなのだ？」

「何を！　えらそうに」

「えらそうになど言っとらん」

「いや、言った。もうがまんがならん！」

「がまんがならんのは、こちらのほうだ」

「ねえ、けんか、まだおわらないの？　あたいたち、もう帰っていい？」

チョロは、かわるがわる、二人をみくらべた。

「どうするね？」

駐在《ちゅうざい》さんが倉《くら》右衛《え》門《もん》さんを見た。

「かってにしろ！」

はきだすように言って、倉右衛門さんはチョロをにらんだ。

「そのかわり、あいつに言っとけ！　あいつは保護者《ほごしゃ》だからな。鳥小屋《とりごや》の弁償《べんしょう》をしろ。保護者なら、それぐれえしたっていいとこだ。わかったな。なら、とっとと行け！ほんとにシャクにさわるガキだ！」

おふじさんが手まねきした。

出口のところで、新聞紙につつんだサツマイモをくれた。

「じゃあな。気をつけて」

「さよなら、おばあさん。ありがとう」

「よし、よし、またおいで！　だれもいないときにね」

それ！　とばかりに、ゆうこたちは倉右衛門さんの家を飛《と》び出《だ》した。

まずいことに、林をぬけたところで、おタネたちに出会ってしまった。

学校がおわる時間だった。

「ねえ、収容所《しゅうようじょ》に行くんだろ！」

おタネはめずらしく、まともに話しかけてきた。

「行くもんか！」

顔じゅうクシャクシャにしてみせて、チョロは答えた。

「えっ？　だって父ちゃんが、おまえたちは、収容所に行くだって言ってたよ」

おタネも、カツオもふしぎそうにした。

「ふん！　行かないにきまってる」

「なーんで？」

チョロはふんぞりかえって、おタネたちを見上げた。

「ホゴシャがいるからさ」

いばって言って、チョロは歩きはじめた。

おタネたちは追《お》いかけてきた。

「ねえ、ホゴシャってなんだよ？」

「教えないよ！」

チョロはぶっきらぼうに答えて、さっさと歩く。

「ねえ、教えろってばよう！」

「教えないよ」

何がなんでもおタネは、聞き出したくなったらしい。

おタネは、さっさと近づいてきて、チョロの肩《かた》をゆすぶりはじめた。

「ねえ、教えろってば！」

ゆすぶられながらチョロは、ニヤッとした。

「教えるよ！」

とたんにチョロは手を出した。

「そのかわり、えんぴつおくれ」

「えんぴつ？」

おタネはくりかえして、なぜか、すなおに、かばんからえんぴつを取《と》り出《だ》した。

「じゃあ教えてあげる」

得意《とくい》そうにチョロは答えた。

「ホゴシャってさ、病気《びょうき》の人のことだよ」

「ふーん……」

おタネは、ひょうしぬけしたように首をかしげていたが、そのうち、にこっとした。

「じゃ、チョロはずっとここにいるんだね！　いっつもいるんだね」

念《ねん》を押《お》すように、おタネはくりかえした。

「いるよ、シロもいるよ」

チョロはつけくわえた。

「じゃ、この子もかい？」

カツオが、ゆうこを指《ゆび》さして言った。

「そうだよね」

おタネが、ゆうこにたしかめた。

ゆうこがうなずくと、おタネとカツオもうなずきかえした。

おタネは最後《さいご》にゆうこを見て、はずかしそうにつけたした。

「ねえ、そのえんぴつ、おまえもいっしょにつかうといいよ！」

ゆうこは、ハッとして、おタネを見なおした。

おタネの顔から、いじわるそうな表情《ひょうじょう》が消《き》えていた。

神社《じんじゃ》の森が見えてきた。

チョロの足どりが、だんだん早くなる。

心配《しんぱい》なのだ。ゆうこの胸《むね》にも不安《ふあん》は頭をもたげていた。

神楽殿《かぐらでん》に近づくにつれ、その不安は、風船のようにふくらみ、体がうかびあがりそうな気がした。

（シロが、姿《すがた》を見せない）

こんなことは、いままでなかったことだ。

シロはもともと野良犬《のらいぬ》だから、年じゅうそこらをほっつきまわっている。

たまには顔を見せないこともある。

でも、なぜか、こんなときには、いつだって、近くのどこかにかくれていて、チョロを見ると、おおよろこびでとびついてくるのだ。

(けががひどいのかしら？　でも……)

ゆうこは、シロが最後《さいご》に倉右衛門《くらえもん》さんの手から逃《に》げだしていくところを目撃《もくげき》していた。

シロは、ぶたれるのになれていた。じょうぶな野良犬だ。

(きっと、だいじょうぶだ。どこか遠くに行ってるのかもしれない。河原《かわら》かなんかで、傷《きず》をなめているのかもしれない)

不安を打《う》ちけすように、ゆうこは立てつづけにそんなことを考えた。

チョロは、だまりこくって足をはやめる。

さっきのはしゃぎぶりが、うそのようだ。

ゆうこは何か言おうとした。

でも、ひとこともしゃべれなかった。

しゃべると心配がホントになりそうで、こわかった。

林の道をまがり、社《やしろ》の大屋根《おおやね》がぱっと見えたとき、その不安《ふあん》は当たってしまった。

消防団《しょうぼうだん》のはっぴを着《き》たおじさんたちが三人、あわてたようすでこちらへ走ってくる。

ゆうこたちに気がつくと、おじさんの一人がおおげさに手をふってとまった。

「チョロか？　チョロだな？」

目をすがめてチョロを確認《かくにん》したおじさんはつづけた。

「行くな！　あっちへ行くんじゃねえぞ。待《ま》ってな。すぐもどってくるから、ここにじっとしてな」

おじさんは、むずかしい顔をしてチョロとゆうこをみくらべた。

おじさんは、ゆうこにむかって小声でささやいた。

「おめえ、か、神楽殿《かぐらでん》にいる子だな。げんさん……知ってるな！　げんさんがちょっとよくなくて……この子をぜったいに行かせねえようにしててくれ。すぐもどる」

「おじさん！」

「待《ま》ってろ！　ちゃんと待ってろ」

「おじさん！」

言いかけて、ゆうこはよろめいた。

チョロがゆうこをつきとばして走りだしたのだ。

「行かせるな！」

うしろをふりむいて、おじさんがどなる。

「はい！」

ゆうこはいちもくさんにチョロを追《お》いかけた。

社務所《しゃむしょ》の前に人だかりがしていた。

チョロが、おとなたちをかきわけ、中にもぐりこんでいくのが見えた。

チョロの悲鳴《ひめい》が聞こえた。

(何が起《お》こったの？)

足がふるえて、なかなか進《すす》まない。

(シロかしら？　シロがどうかしたのか、それとも！)

ゆうこは、つんのめりながら走った。

「お願《ねが》い！」

人垣《ひとがき》の間から頭をつっこんだゆうこは、まっ青になった。

オイチャンだった。

すさまじいかっこうでオイチャンが死《し》んでいた。

神楽殿《かぐらでん》から体を乗《の》り出《だ》して、ふたつ折《お》りになったまま、オイチャンは息《いき》がたえてしまったのだ。

消防団《しょうぼうだん》の人がオイチャンを下におろして、体の上にむしろをかけている。

どこかのおじさんの腕《うで》の中で、チョロがあばれまわっている。

みんな、ひそひそ、話し声を立てていた。

「水が飲《の》みたかったんだべ」

だれかが言った。

(ちがうわ)

ゆうこは思った。

(オイチャンはチョロをさがそうとしたのだ。チョロや、わたしたちを……ずっと帰ってこないから心配《しんぱい》だったんだ。それで、ようすを見にいこうとしたんだわ)

ゆうこは、ふるえが止まらなかった。

しばらくすると、さっきの人を先頭に駐在《ちゅうざい》さんたちが息《いき》せききってやってきた。

倉右衛門《くらえもん》さんや、裏《うら》の油屋《あぶらや》さんや、種屋《たねや》さんや、行商《ぎょうしょう》の闇屋《やみや》のおじさんまでが、せかせかとついてきた。

「いやいや、おどろいたな」

「いったい、だれだね？　最初《さいしょ》に見つけたのは」

「油屋さんだ。ものすごい声が聞こえたそうだ」

「気《き》の毒《どく》に。ああ、なむあみだぶ、なむあみだぶ」

むしろの下から、どす黒いオイチャンの足がつっぱって見える。

こわかった。たまらないこわさだった。

チョロは人形のように目をみひらいたまま、地べたに座《すわ》っている。

おでこに髪《かみ》がはりつき、くわんくわんになったほっぺたに泥《どろ》がこびりついている。

それでもチョロは、泣《な》いてはいなかった。

くちびるが白くなるほど歯《は》をくいしばり、チョロは一心にどこかを見つめていた。

留守中《るすちゅう》の事件《じけん》を知った社務所《しゃむしょ》のおばさんが、あわててもどってきた。

つぎの日。オイチャンの葬儀《そうぎ》が盛大《せいだい》に行われることになった。

この村では、めったにお葬式《そうしき》がなかったので、みんながオイチャンの葬式をきちんとやりたがったためだ。

「仏《ほとけ》になれば、みんな同じだ。こじきだからって差別《さべつ》をつけちゃなんねえだ」

倉右衛門《くらえもん》さんは、きゅうにオイチャンの味方《みかた》になって、集《あつ》まってきた人たちに言いわたした。

倉右衛門さんの意見《いけん》には、みんなが賛成《さんせい》だった。

棺桶屋《かんおけや》さんが腕《うで》によりをかけて、オイチャンの入る棺桶をつくった。

オイチャンは、社務所《しゃむしょ》のおばさんや駐《ちゅう》在《ざい》さんのおばちゃんや、お産婆《さんば》さんに体を洗《あら》ってもらって、白い着物《きもの》を着せてもらった。

それは、村長さんの奥《おく》さ

んが、ふとんをほどいて作った着物《きもの》だったが、ピンとしていた。
そのせいで、オイチャンはとてもりっぱに見え、みんなはすごく満足《まんぞく》した。
「いいお顔だ……」
倉右衛門さんが、いつもとちがうていねいなことばで言った。
みんなも、そう思った。
チョロは元気がなかった。
オイチャンに近づこうとしても、オイチャンのお棺はもう神楽殿《かぐらでん》にはない。
シロのことも気がかりだった。
シロはいなかった。行方不明《ゆくえふめい》になってしまった。
村の人たちは、チョロやゆうこに言って聞かせた。
「仕方《しかた》ないべさ。あいつはもともと野良犬《のらいぬ》だから……そのうち出てくるべ！」
ゆうこはチョロのことも心配《しんぱい》でたまらなかった。
きのうからチョロは、ひとことも口をきかない。
まるで魂《たましい》がぬけてしまったようだ。
反対《はんたい》にゆうこは、村の人たちといろいろ話し合うようになった。

女の人たちがみんな、ゆうこと話したがるのだ。

中でも、ゆうこの着《き》ているものが、みんなの話題《わだい》のたねだった。

アイロンをかけなくても、たちまちピンとかわくポリエステルのブラウスは村じゅうの女の人の興味《きょうみ》のまとだった。

「ほんとにふしぎな人ね」

村の中でたった一人、女学校へ通《かよ》っている村長さんの家のお姉さんは、とくにゆうこに興味を持《も》っていた。

村の人たちが、オイチャンの葬式《そうしき》のことでわいわいやっている間、ずっとゆうこにつきまとっていた。

「ゆうこちゃん、わたしはあなたの言うことを信《しん》じるわ。あなたは別《べつ》の世界《せかい》の人なのよ。わたし、いろいろ、想像力《そうぞうりょく》を働《はたら》かせて考えてみたのよ」

「想像力?」

「そう、想像力は夜になるとがぜん、元気が出てくるの。いろんなこと考えるのよ。いろいろ、いっぱい!」

お姉さんは、ゆうこの目を見つめた。

「このごろは、あなたのことばかり、考えている。あなたがいた世界のことをつぎからつぎへと想像をめぐらせるの。そうすると、どうしても……」

「どうしても？」

「未来《みらい》につながるのよ。どうしても！」

（そうなんです！　あたしは未来からきたんです）

ゆうこは、心の中で叫《さけ》んだ。

お姉さんは、長いまつげをぱちっとさせた。

「そうでしょ、ゆうこちゃん。だれもお話の世界のことなんか信じないけど、わたしは信じているわ」

「ほんとに？」

「ほんと！　ときどき、わたしも行くから……」

「行く……どこへ？」

「空想《くうそう》の国よ。空想の国なんてないと思ってるけど、本当はあるのよ。いろんなことを空想してるとね、夜になると、ときどき……ほんとに、ときどきだけ。めったに行けないんだけど空想の世界《せかい》へ行けることがあるの。

でも、そこは自分が空想《くうそう》した世界《せかい》じゃないの。思ってもみなかったふしぎな世界。そこでは自由《じゆう》に空を飛《と》べたり、亡《な》くなったなつかしい人に会えたり、空いちめんがすみれ色だったり、海の底《そこ》にガラスでできたおうちがあったりするわ」

お姉さんは、ふと口をつぐみ、オイチャンの葬式《そうしき》の準備《じゅんび》にいそがしい村長さんの奥《おく》さんの方をちらっと見た。

「小さいころよく、こんな話を母さんにしたわ。でも、だれもおとなたちは信じない。夢《ゆめ》だと言うのよ。でも、ちがう。あれは本当にある世界。未来《みらい》か、遠くの星か、宇宙《うちゅう》の裏側《うらがわ》にある国か……」

お姉さんは、ゆうこたちを、村長さんの家につれていき、おふろに入れてくれた。ひさしぶりに、せっけんのにおいにつつまれ、ゆうこは泣《な》いた。

帰りたかった。もといた世界へ！

めぐまれたあの国へ。

なつかしい父さんのもとへ。

やさしいおばさんのところへ。

友だちのところへ。

ゆうすけくんのところへ。

おいしい食《た》べ物《もの》があふれる夢のような世界へ。

チョロをつれていきたい。いいえ、みんなをみんなをつれていきたい。

お姉さんは、ゆうことチョロの髪《かみ》を洗《あら》ってくれた。

それから、下着《したぎ》とブラウスもせんたくしてくれた。

「さっきの話ね……」

ゆうこは、ちょっと甘《あま》えて聞いた。

「お姉さんは、いつもすてきなところにだけ、行くの？　ひどいところだとか、悲《かな》しい世界《せかい》へは、行かないの？」

「どういたしまして。とってもすごいとこへだって行ったことあるわ。一度《いちど》なんか、灰色《はいいろ》の山がそびえたつ宇宙の果《は》てのどこかの星で、魔女《まじょ》のガガンガにつかまって大ふくろうにされていたの」

「大ふくろう？」

「でも、最後《さいご》に、金色の翼《つばさ》を持《も》った半分人間で、半分、鳥の人がきて、わたしを救《すく》い出《だ》してくれたのよ」

「わあ、すごい」

「すてきな思い出もある。地底《ちてい》の海に旅《たび》をしたときよ。水色のお城《しろ》があって、わたしはそこの王子さまだった」

「王子？　お姫《ひめ》さまじゃないの？」

「ほかの世界《せかい》では、何にだってなれるのよ。石の少女になったことだってあるし、火をふくキリンになったこともある。それにね、ゆうこさん、なんにもない自分にだってなれるのよ」

「なんにもない自分……それは何かしら？」

ゆうこは考えた。

お姉さんは、遠くを見る目をして、言った。

「自分はただ、そこにいるだけ。風とか、光とか、空気のように。ずっと上の方でただよいながら、世界を見下ろしているわ。いろんな人たちを……その中に自分もいるのよ。自分で自分を見ることができるの。そんな世界がほかにあるかしら？」

ゆらめく炎《ほのお》

ゆうこはハッとした。

(自分で自分を見る世界)

すごく、へんてこな気がした。

いまのゆうこがそうだ。きっとそうだ。

「ほんとのゆうこは木の上にいる。木の上にいて、ゆうこを見ている。そうよ！　ほんとのあんたはここにはいない。あんたは幻《まぼろし》のゆうこ」

そんな話が聞こえた。

ピシュッ、とレモンのつゆがほとばしるように……。

「あっ」

ゆうこは小さくつぶやいた。

「木の上！」

何か思い出しそうだった。

「待《ま》って！」

耳を押《お》さえて、ゆうこはつっぷした。

どうすれば、もといた世界《せかい》にもどれるか。

胸《むね》が苦《くる》しくなった。

気が遠くなりそうだった。


「だいじょうぶ?」

気がつくと社務所《しゃむしょ》のおばさんが、心配《しんぱい》そうにのぞきこんでいた。

ゆうこの考えは、そこで止まってしまった。

立っていたおばさんが、ひそひそ声で、村長さんにささやくのが聞こえた。

「あのまま、ほうっておけませんわ。なんとか東京まで行って、知り合いの精神科医《せいしんかい》にみてもらいます。記憶《きおく》をとりもどさなきゃ……あの子は浮浪児《ふろうじ》なんかじゃありませんよ。早く身元《みもと》をさがしてやらないと」

小さな村は、ふたつのことで活気づいていた。

オイチャンの葬儀《そうぎ》と、ゆうこの身元しらべとで……。

やがて準備《じゅんび》がととのった。

お坊《ぼう》さまがきてお経《きょう》をあげ、いろいろむずかしい儀式《ぎしき》がすむと、オイチャンは村の焼《や》き場《ば》で焼かれることになった。

村の焼き場は山の北側《きたがわ》のたいらなくぼ地にあって、ふだんはめったに人の行かないところだった。

みんな黒いよそゆきを着《き》て、すべりやすい山の一本道を一列《いちれつ》になってのぼった。

ゆうこはチョロの手をしっかりつかみ、社務所のおばさんについて歩いた。

山は、どこもかしこもむせかえるような緑《みどり》であふれていたが、焼き場の土は黒くかわいて、ひびわれていた。

消防団《しょうぼうだん》や、青年団の人たちが、そだや、薪《まき》をくぼ地にうずたかくつみ、オイチャンの入ったお棺《かん》をその上にのせた。

火がつけられると、みんないっせいにお念仏《ねんぶつ》をとなえた。

お坊さまの、よくひびく高い声は、めらめら燃《も》える炎《ほのお》といっしょに、低《ひく》くなったり高くなったりするのだった。

ゆうこは、おそろしさにふるえていた。

人間が焼かれているのだ。

炎は、白い煙《けむり》をふきながらパチパチと燃え広がり、やがてゴウゴウとうなりをあげた。

念仏《ねんぶつ》の声は、ますます大きくなり、だれもがほかのことは考えず、オイチャンの燃《も》えつきていく体のことだけを考えた。

そのうち煙《けむり》は黒くかわり、いぶり、風下《かざしも》にいた人たちは、あわてて場所《ばしょ》をかえた。

お棺《かん》が火につつまれると、燃えさかる炎《ほのお》はいっそう勢《いきお》いをまし、熱気《ねっき》はかげろうとなって、ゆらゆらゆらめいた。

とつぜん、ゆうこは手のひらに痛《いた》みを感《かん》じた。チョロの爪《つめ》だった。

しっかりとつなぎあった手のひらに、チョロの爪がくいこんで、飛《と》び上《あ》がりそうに痛い。

その手は、わなわなとふるえ、いくらはなそうとしてもはなれなかった。

チョロの横顔《よこがお》は、紙のように白く、人形のように表情《ひょうじょう》がなかった。

みひらいた目は、まばたきをわすれ、どこも見ず、長いまつげがぬれたように光っている。

「チョロ、どうかしたの？　チョロ！」

とつぜん、チョロが泣《な》きはじめた。

かぼそい、糸をひくような声で……。

「オイチャーン、オイチャーン……」

「オイチャーン、オイチャーン」

みんな、ハッとした。

（かわいそうに……）

社務所《しゃむしょ》のおばさんが、そっとチョロを引きよせた。

チョロは体をよじって、はげしく泣きはじめた。

「オイチャーン、オイチャーン、オイチャーン！……」

「オイチャーン、オイチャーン、オイチャーン！」

わなわなふるえながら、チョロは泣きじゃくった。

「オイチャーン、オイチャーン……」

だれが止めても、泣きやまない。

かわいそうなチョロ。

「オイチャーン、オイチャーン……」

「オイチャーン、オイチャーン、オイチャーン」

だれの耳にも最初《さいしょ》のうちは、そんなふうに聞きとれた。

死《し》んでしまったオイチャンに話しかけるような。

が、チョロのはげしいすすり泣《な》きはいつか、小さなこどもが母さんによびかける悲《かな》しいむせび声へ、とかわっていったのだ。

「オカアチャーン……オカアチャーン……オカアチャーン……」

「オカアチャーン……オカアチャーン……オカアチャーン……」

息《いき》もたえだえに、チョロは泣きつづける。

「オカアチャーン……オカアチャーン」

炎《ほのお》を見つめ、くるったようにただ、泣きじゃくる。

チョロは思い出したのだ。

母さんと手をつないで、逃《に》げまどった燃《も》えさかる炎の町。

ゴーゴーとうなる北風にまきあがる火の柱《はしら》。

バンバンとびかう火の玉。

「逃げるのよ！　さあ、早く」

「お母ちゃん、熱《あつ》い！」

「たいへん！　どこもかしこも燃えている。どうすればいいの？」

「こっちよ！　がんばるの。じゃないと焼《や》け死《し》んじゃうからね」

赤ちゃんをおんぶした母さん。

あんなにやさしかった母さん。

あれっきり、いなくなってしまった母さん。

「熱い！　熱いよう！」

チョロは泣きつづける。

「かわいそうにな。炎を見たで、焼け死んだ母ちゃんを思い出したのかもしれんなあ」

駐在《ちゅうざい》さんがつぶやいて、鼻《はな》をすすった。

おばさんはチョロをしっかりだきしめ、涙《なみだ》をふいた。

みんな、しんとしてチョロを見守《みまも》った。

ゆうこは、ボーッとしてつっ立っていた。

おとなたちの話はよくのみこめない。

が、とにかく、昔《むかし》、戦争《せんそう》があったのだ。戦争で、大火事《おおかじ》になったのだ。

そうしてチョロは母さんを亡《な》くしたのだ。

チョロはひとりぼっちで、それから生きてきた。

お棺《かん》をつつむ火は、いつの間にか燃《も》えつき、かすかに鼻《はな》をつく異臭《いしゅう》をのこして、何もかもが天に帰ってしまった。


一九四五（昭和《しょうわ》二十）年三月十日の夜中でした。

チョロ……いいえ、本当の名前はチャコです。

チャコは、お母さんにゆすぶられて、目をさましました。

「起《お》きなさい。さあ、いそいで！」

チャコは起きたくありませんでした。

だって、楽しい夢《ゆめ》を見ていたのです。

お父さんと遊《あそ》んでいる夢でした。

チャコのお父さんは、戦争《せんそう》に行ってしまったので家にいません。

そのころは、チャコのお父さんぐらいの年の男の人や、もっと若《わか》いおにいさんや、もっと年をとったおひげのおじさんまでが、戦争に行って敵《てき》とたたかわなくてはなりませんでした。

そのころ「敵」とよばれていたのは、おもに、いまは日本ととても仲《なか》のよいアメリカ人のおじさんたちです。

アメリカ人のおじさんたちにも、チャコと同じように、かわいいこどもや、愛《あい》する奥《おく》さんがいました。

けれども、やっぱりこどもや、奥さんや、年とったお父さんや、お母さんをのこして、戦争に行かなければなりませんでした。

戦争に行って、相手《あいて》を殺《ころ》したり、殺されたりしなければなりませんでした。

チャコのお父さんは、本当は、戦争に行くのはいやでした。

チャコといっしょに遊びたかったし、もうすぐ生まれることになっていた、かわいい赤ちゃんの顔も見たかったからです。

お母さんのことも心配《しんぱい》でした。

アメリカ人のお父さんもきっと、戦争に行きたくなかったにちがいありません。

できれば家にいて一生けんめい、仕事《しごと》をして、草や花を愛し、こどもたちとハイキングに行ったり、友だちとゴルフをしたり、犬をつれて公園をさんぽしたりしたかったにちがいありません。

それなのに、そのころは、だれもかれもが無理《むり》やり戦争《せんそう》に行かされたのです。

そして、ふしぎなことには、こんないやな戦争をはじめることに賛成《さんせい》したのは、お父さんたち自身《じしん》だったのです。

お父さんたち男の人が、みんなで戦争をはじめることをきめたのです。

アメリカ人のお父さんたちだって、同じことでした。

メリーや、ジョンのパパたちも、戦争をすることに反対《はんたい》しなかったのです。

日本を支配《しはい》していた、頭の悪《わる》い人たちが、

「おい、戦争をしようぜ！　弱い国ぐにをやっつけてやろう。いやいや、こうなったら、大国のアメリカもぶちのめして世界《せかい》じゅうを日本の領土《りょうど》にしてしまおう。そうすれば、おれもおまえも、金持《かねも》ちになれる。こどもたちも幸《しあわ》せになれる」

と、まちがったことを言いだしたのです。

また、アメリカの、いじわるな人たちが、

「おい。日本が、戦争をしかけてきたんだ。ひとつ、こらしめるために、てっていてきにやってやろう！　そのためには、こどもだって、赤ちゃんだって、ようしゃはしないぞ」

と、まちがったことを言いだしたとき、つい、うっかりして賛成してしまったのが運《うん》のつきでした。

もっとも、中には、自分の頭でしっかり考えて、戦争に反対した人もありました。でもそれは、ほんの少ないひとにぎりの、権力《けんりょく》のない人たちだけだったので、とうとう戦争がはじまってしまったのです。

なんと、おろかなことでしょうね！

でも、チャコはまだ小さいので、そんなことはわかりません。

大好《だいす》きなお父さんが、どうして帰ってこないのか、どうしてアメリカの飛行機《ひこうき》が、夜中にとんできて、こわい爆弾《ばくだん》や、焼夷弾《しょういだん》を落《お》としていくのかわかりません。

チャコにわかっていることといったら、無理やり夜中に起《お》こされて、冷《つめ》たい防空《ぼうくう》ごうという穴《あな》ぐらのようなところにつれていかれることと、ドカンドカンと、地ひびきをたてて爆発する爆弾や、あっという間に火事《かじ》を起こす焼夷弾が、とてもとてもおそろしいものだということだけでした。

「チャコ！」

いきなり、お母さんはチャコのほっぺたをたたきました。

「ねぼけちゃ、だめ！」

お母さんは、チャコにオーバーを着《き》せ、防災《ぼうさい》ずきんをかぶせました。

「逃《に》げるのよ！　空襲《くうしゅう》ですからね」

お母さんは、こわい顔で言い、おおいそぎで背中《せなか》に赤ちゃんをおんぶしました。

チャコはもう、ねぼけませんでした。こわいこわい空襲です。

ウウーーウウーーウウーーけたたましくサイレンが鳴っています。

ぞっとするような空襲けいほうのサイレン。

ドカン！　ど、ど、どおーん！　地ひびきがして家がビ、ビ、ビイーンとふるえ、バラバラと、壁《かべ》がくずれます。

近くに爆弾《ばくだん》が落《お》ちているのです。

「こわいよう！」

チャコは、お母さんにしがみつきました。

「だいじょうぶよ」

お母さんは青い顔をして言い、ねんねこを着て、ひもをしめようとしました。でも、

手がふるえて、なかなかひもがむすべません。

そのうち、たいへんなことが起《お》こりました。

ヒュル、ヒュル、ヒューン！

と耳がやぶれるような音がして、あたりがま昼のように明るくなりました。

焼夷弾《しょういだん》が落ちて、火事《かじ》になったのです。ふすまもしょうじも、シュウ、シュウ、と
火をふき、火《ひ》の粉《こ》がバラバラ、ふりかかります。

「熱《あつ》いよう！　熱いよう！」

チャコは泣《な》き叫《さけ》びました。

「チャコ！　チャコ！」

煙《けむり》の中から、お母さんが必死《ひっし》でよんでいます。でも、どこからよんでいるのかわかりません。

「チャコ！　どこなの？　お願《ねが》いよ！　教えて！　教えて！」

お母さんの悲《かな》しそうな声が、煙のむこうか

ら、つたわってきます。

チャコは、煙《けむり》の中をめちゃめちゃに走っていきました。

すると、うまいぐあいに、お母さんの手にさわることができたのです。

「早く！」

お母さんは、こわがるチャコをつきとばすようにして、炎《ほのお》をくぐりぬけました。

でも、外に出たとたん、お母さんは、ぞっとしました。

火事《かじ》は、チャコの家だけではありません。

となりも、そのまた、となりの家も、黒い煙をあげて、シューシュー燃《も》えています。

お日さまのようにギラギラと、おそろしい炎を出して、あくまのように燃えさかっています。

「こわい！」

足がガクガクして、一歩も前に進《すす》めません。でも、このままここにいたら、チャコも赤ちゃんもたちまち、焼《や》け死《し》んでしまいます。

お母さんは、勇気《ゆうき》をふるいおこして、チャコの手を引っぱり、火をくぐって逃《に》げはじめました。

夢中《むちゅう》になって逃げました。火の玉がバンバンおそいかかります。火《ひ》の粉《こ》が頭にふりかかり、髪《かみ》の毛《け》がチリチリこげます。

それに、なんと強い風なのでしょう。

ゴオ、ゴオ、うなる北風が、炎をドッドッとまきあげ、火のあらしがチャコや、お母さんをまきこもうとします。

いきなり、チャコが「ギャッ」と叫《さけ》びました。お母さんはぞっとしました。風のためにチャコの防災《ぼうさい》ずきんが飛《と》び、まっかな空にまいあがり、ボ、ボッと火をふいてとんでいるではありませんか!

「熱《あつ》いよう!」

チャコの叫び声に、われにかえったお母さんは、それこそ死《し》ぬほどおどろきました。チャコの髪の毛が一本のこらず、つっ立ってボウボウ火をふいて燃えています。

「ぎゃっ」

お母さんも叫んで、あわてて、チャコにおおいかぶさりました。

おかげで火は消《き》えました。でも、チャコは頭に大やけどをしてしまったのです。

お母さんは、泣《な》きながら、チャコをかかえました。

背中《せなか》には、赤ちゃんです。前には、チャコです。

まわりじゅう、火の海です。熱《あつ》くて熱くて、いまにも焼《や》け死《し》にそうです。

お母さんは、どうしたらいいのかわかりませんでした。

「神様《かみさま》、神様、もし、あなたがいらっしゃるなら……どうか助《たす》けてください。お願《ねが》いです！　お願いです！」

お母さんは、よろよろ、よろけながら前に進《すす》みました。

あっちの家も、こっちの家も火をふいて燃《も》えあがっています。

まっかに燃えた板《いた》きれや、トタンが、おそろしい音を立てて空からふってきます。

火事場《かじば》の、ものすごい風のために、雨戸や、屋根板《やねいた》までが空に吹《ふ》きとばされて、燃えているのです。

「ああ、もうだめだ」

お母さんは、その場にへたへたとうずくまりました。と、そのとき、だれかが、さっと何かをお母さんにかけてくれました。

冷《つめ》たい毛布《もうふ》でした。

「ああ、よかった」

お母さんは、ほっとしました。

火《ひ》の粉《こ》の飛《と》びかう中で、冷たい毛布！　なんてありがたかったでしょう。

親切なおじさんが、防火用水《ぼうかようすい》に入れてぬらした毛布を、かけてくれたのです。

「しっかりしなさい！」

おじさんは、チャコをひきとってくれて言いました。

「川まで行こう。橋《はし》をわたって、むこう岸《ぎし》まで逃《に》げるんだ」

「はい！」

はげまされて、お母さんは立ち上がりました。

「気をつけて！　あぶない、こっち、こっち！」

もうそれからは、むがむちゅうでした。

おじさんのあとから、必死《ひっし》で歩きました。

はいていた運動靴《うんどうぐつ》は、地面《じめん》の熱《ねつ》のためにとけてしまいました。

お母さんは、はだしになって熱《あつ》い道を歩いていったのです。

ようやく川までたどりついたとき、お母さんも、おじさんも、びっくりしました。

川の両側《りょうがわ》は、逃げてきた人たちでいっぱいです。

おしあいへしあいしながら、橋《はし》へ橋へと、なだれこんでいきます。

そして、その橋はまもなく、落《お》ちてきた焼夷弾《しょういだん》のために火がついて、ぼうぼう燃《も》えはじめたのです。

「うわーっ」

おそろしい悲鳴《ひめい》があがって、人びとが逃《に》げまどいます。

炎《ほのお》がぱっとあがり、大蛇《だいじゃ》のようにくねりながら、川の両側《りょうがわ》から吹《ふ》きつけてきます。

熱《あつ》くて熱くて、いてもたってもいられません。

「よし、こうなったら川に飛《と》びこもう！」

先に飛びこんだおじさんは、うまいぐあいに流《なが》れてきたイカダをつかまえて、チヤコをのせました。

「さあ、こんどは、お母さんだ！」

手をさしのべて、こんどはお母さんと赤ちゃんを助《たす》けます。

イカダには、前から、人がふたり乗《の》っていました。

みんなが乗ると、重《おも》みでイカダがしずみはじめました。

「たいへん！」

おじさんはあわてて水の中に飛びこみました。

イカダはうまく水にうき、川下へ、川下へと流されていきます。

おじさんは、鉄《てつ》かぶとをぬいで、水をくんでは、みんなにかけてくれました。

自分はイカダにつかまって、川の中を泳《およ》いでいきます。

火は、川の上まで追《お》ってきて、ゴッと音を立てて、みんなの頭をこがしていくのです。

両岸《りょうがん》の家いえは、いまをさかりと燃えさかっています。

ひゅーん！　と、とんできた燃える板《いた》きれが、ジュッと音たてて水に飛びこみます。

みんなは、そのたびにイカダにしがみつきました。

どのくらいそうしていたでしょう。そのうち火の勢《いきお》いが、少しずつおさまってきました。

「ああ、よかった。もしかしたら助《たす》かるかもしれない……」

みんなは、ほっとためいきをつきました。

おじさんも、水をかけるのをやめてイカダにはいあがろうとしました。

そのときです。いきなり、おじさんは、何かに足を引っぱられました。

何か大きな荷物《にもつ》でも、川底《かわぞこ》にひっかかっていたのでしょうか。

イカダから手をはなしたおじさんは、「足が……あしが……」と、叫《さけ》びながらもがいています。

「たいへん！」

お母さんは、とっさに体を乗《の》り出《だ》して、おじさんを助《たす》けようとしました。

ほかの人たちもおどろいてイカダのはしによりました。

イカダがグラリ！　とかたむいて、あっという間にお母さんが、川に投《な》げ出《だ》されました。

死《し》んだようになっていたチャコが、ハッと気がついたのはそのときでした。

「オカアチャーン！」

チャコは、火がついたように泣《な》き叫びます。

「オカアチャーン！　オカアチャーン！」

あとを追《お》って飛《と》びこもうとするチャコを、まわりの人がしっかりとつかまえました。

お母さんと背中《せなか》の赤ちゃんは、見る見る流《なが》されて川の水にのみこまれていきます。

チャコは、泣きながら叫びつづけました。

「オカアチャーン！　オカアチャーン！」

さよならシロ

オイチャンの葬儀《そうぎ》がおわっても、あいかわらずチョロは口をきかなかった。ススをなすったような顔に涙《なみだ》のあとをぐるぐるにつけて、目ばかり大きく見ひらいている。

村の人たちは、焼《や》き場《ば》のそばにある休憩所《きゅうけいじょ》のようなところによりあって、ものを食べたり、お酒《さけ》を飲《の》んだりしはじめた。

話題《わだい》はもっぱら、オイチャンとチョロとゆうこのことだった。

駐在《ちゅうざい》さんは、チョロはともかく、ゆうこのことではお手あげだ、と言った。どこをさがしても「該当者《がいとうしゃ》」は見あたらないのだ。

どちらにしても、チョロといっしょにゆうこも、孤児収容所《こじしゅうようじょ》といって、戦争《せんそう》で親を亡《な》くしたこどもたちが暮《く》らしている施設《しせつ》にひきとられることになるらしい。

そうしておいて、ゆっくり本当の親をさがしだすということらしい。

その孤児収容所は、県庁《けんちょう》のある近くの町にあるらしいが、どうやら、ものすごくひどいところらしいということが、みんなの口ぶりからわかった。規律《きりつ》がやかましくて、職員《しょくいん》はみんな鬼《おに》のような人たちばかりで、食《た》べ物《もの》はぜんぜんない、と倉右衛門《くらえもん》さんが、つばを飛《と》ばしながら言った。

「あんなところへこどもをやるのは、かわいそうだが、仕方《しかた》がなかっぺ。いまとなっては保護者《ほごしゃ》もいねえことだし……」

倉右衛門さんが言うと、みんなうなずくのだった。

「待《ま》ってください。もう少し待ってください」

そんなとき、社務所《しゃむしょ》のおばさんは、一人で反対《はんたい》した。

できれば、チョロとゆうこをひきとって育《そだ》てたい、と思っていたからだ。

でも、それにもたくさんの問題《もんだい》があった。

おばさん自身《じしん》が、社務所にいそうろうしている身分《みぶん》だったから。

チョロは孤児収容所についても、ゆうこよりよく知っているように思われた。

収容所ということばが出るたび、大きな目に不安《ふあん》そうな影《かげ》がうかぶのだ。

もしかしたら、おばさんの言うように、ここへくる前に孤児収容所にいたのかもしれない。

みんなにいじめられて、逃《に》げだしたのかもしれない。または、いたずらがひどくて追《お》い出《だ》されたのか……。

あとかたづけがおわって、人びとは帰りじたくをはじめた。

ゆうことチョロの帰るところは神楽殿《かぐらでん》だ。

これから先はいざ知らず、まだ、神楽殿は二人の家だったから……。

みんなにもらったサツマだんごと焼《や》きするめで、ゆうこのポケットはふくらんでいる。

チョロには悪《わる》いけれど、ちょっぴりリッチで幸《しあわ》せな気分だった。

食べるものがある……それがどんなにすばらしいことか!

ゆうこは身《み》をもって知ったのだった。

ゆうこは、チョロと手をつなぎ、一歩一歩しっかり歩いた。

しなければならないことが、たくさんあるように思えた。

(そうだ。また行ってみよう、あそこへ!)

なぜか、ゆうこはふいに思った。

「チョロ。あそこに行こうよ。ね、あの木のところ……」

ゆうこが話しかけても、チョロは返事《へんじ》をしない。

会話はそこまででポツン、と切れてしまう。

ゆうこはつらかった。

チョロは見えないものを見るように、遠くを見つめる。風か光を見る目だ。

どうすれば、チョロを元気づけることができるだろう。

(そうだ。河原《かわら》に行こう!)

ゆうこは思った。

(川風に吹《ふ》かれよう。冷《つめ》たい水で顔や、手や、足を洗《あら》おう。それから夕焼けを見るのだ。川面《かわも》に夕日がはえて、どんなすばらしいか……せせらぎの音が心を静《しず》めてくれる。それから、あそこに行こう。あの空き地へ……あの木のところへもう一度《いちど》)

チョロにはじめて会ったあの野原は、ゆうこにとって、とりわけ意味《いみ》のあるところだった。

ゆうこの記憶《きおく》に、何かの異常《いじょう》が起《お》きたとしか考えられないあの事件《じけん》……。

あのときの気持《きも》ちを思い出すと、いまでもザラザラした布《ぬの》で背筋《せすじ》をなでられるような気がして、おそろしくなる。

そのくせ、ゆうこの足はどうしてもあの木にむかってしまう。

最近《さいきん》はとくにそうだ。

ゆうこの中に何かが芽生《めば》えかけていた。

強いインスピレーション！　説明《せつめい》のできない予感《よかん》のようなものだ。

まるで見えないだれかが、ゆうこを引っぱっているようだ。

思えば何度《なんど》、ゆうこはあの木の下まで足を運《はこ》び、何かを思い出そうとして、やっきになったことか。

のぼってみたり、ゆすってみたり、飛《と》びおりてみたり……。

あげくのはては、考えこんだり、ぶつぶつしゃべってみたり、同じことをチョロにさせてみたり……。

が、どうしてみたところで、ゆうこのなくした記憶《きおく》のつじつまはあわなかったし、ゆうこがおぼえている、もといたあの豊《ゆた》かな世界《せかい》にもどる手だては見つからなかったのだ。

チョロの手をにぎり、ゆうこはひたすら歩いた。

河原《かわら》に近づくにつれ、チョロの足は速《はや》くなった。
せかされるように、前こごみになって進《すす》む。
チョロは何かを感じている。
なんだろう?
ゆうこは直感《ちょっかん》した。
(シロだ!)
チョロの目が、キョロキョロと動《うご》いた。
さわさわとすずしげな音を立てるアシのしげみに、チョロの神経《しんけい》が集中《しゅうちゅう》する。
チョロの直感力は正しかった。
二人は、あっと声をのんだ。
アシの群生《ぐんせい》に頭をつっこむ形で、シロが寝《ね》そべっていた。
「シロ!」
かけよろうとして、ゆうこは足を止めた。
シロは死《し》んでいた。
パサパサした毛が、ひとまわり小さくなったシロの、やせた体にへばりついている。

その毛を川風がなぶっていく。信《しん》じられない光景《こうけい》だった。

が、シロは本当に死《し》んでいた。

うすくあけた目と、かわいた歯《は》が、だれの目にもシロが死んでいることを教えていた。

シロの顔をおそるおそるのぞいて、ゆうこはつぶやいた。

「シロ、なぜなの。なぜ死んでしまったのよ！」

チョロは、小さな手で冷《つめ》たいシロの体を押《お》さえている。

ひびだらけの小さな手が、シロの腰《こし》の傷《きず》をそっとなぞる。

シロのおしりは、むらさき色にふくれあがり、黒くかわいた血《ち》が、こん棒《ぼう》の形にふき出している。

倉右衛門《くらえもん》さんの一撃《いちげき》が、シロの命《いのち》をうばったにちがいない。

シロはニワトリのために死んだ。

そして、そのニワトリは、栄養失調《えいようしっちょう》のオイチャンの命を救《すく》うために、チョロがぬすもうとしたものだ。

なのに、オイチャンは死んでしまった。

シロも死んでしまった。

チョロは何も言わない。

ヤシの葉《は》の風に鳴る音だけが、みょうにゆうこの耳をとらえていた。

シロのお墓《はか》をつくろうと言いだしたのは、ゆうこだ。

チョロはだまってうなずき、泣《な》きはらした目でゆうこを見た。

河原《かわら》のそばでやぶれむしろをひろって、シロをくるんだ。

岩なでしこと、野菊《のぎく》の花をつんで、むしろの中に入れた。

河原は西日にあざやかにうきたっている。

シロの入ったむしろに、野生のふじづるをかけて、二人で引っぱった。

そうして、あちこち、シロを埋《う》める場所《ばしょ》をさがしまわったが、どこも気にいったところは見つからない。

悲《かな》しかった。

夕風が吹《ふ》きはじめ、あたりがきゅうに冷《ひ》えこんできた。

チョロの腕《うで》に、鳥はだが立った。

涙《なみだ》のあとが白くかわいて、ほっぺたが赤ちゃんのようにクワンクワンになっている。

そのとき、ゆうこはふと思った。

（チョロはいったい、いくつなのかしら？）

元気をなくしたチョロはショボンとして、とても小さく見えたから……。

ゆうこは、自分が小さかったころを思い出していた。

ゆうこがチョロぐらいだったときのことを……。

あのころは、まだ母さんが生きていた。

父さんもやさしくて、ゆうこは幸《しあわ》せだった。

休みの日には、よく三人で遊園地《ゆうえんち》に行った。

父さんと二人で、おばあさんのいる田舎《いなか》に行ったこともある。

柿《かき》の木にのぼって、おりられなくなったことがあった。

ゆうこの泣《な》き声《ごえ》に、父さんが青くなってとんできた。

「動《うご》いちゃだめだぞ。じっと、じっとしてるんだ。父さんが行くまで、がんばるんだ！」

あのときの父さんの真剣《しんけん》な顔。

「いいね、ゆうこ。こわくないね。目をつぶって、がんばるんだ。父さんが、ちゃんと助《たす》けてあげる」

あのときの父さんの顔。

心配《しんぱい》そうな、あの目。

「父さん！」

叫《さけ》びそうになって、ゆうこはふと、われにかえった。

どういうわけだろう。とつぜん、あの木が頭の中にうかびあがったのだ。

ゆうこが落《お》ちた、あの木。

お寺さんの空き地にある、あの木。

（そうだ！　あそこに行こう）

ゆうこの足は、ひとりでに動きはじめた。

河原《かわら》から、砂地《すなち》の道をだらだらとたどり、ゆうこたちは、とうとう空き地に出た。

長い道のりに感《かん》じられた。

全身《ぜんしん》の力をこめて、むしろを引きずった。

そのころから、ゆうこの胸《むな》さわぎがはじまった。とても、みょうな感じだった。

なんと説明《せつめい》すればいいか……いつかずっと前、こんなことがあったような気がするのだ。

そのときもチョロがいた。

チョロと二人で、こうしてシロの入ったむしろを引っぱって……。

ゆうこはドキッとした。

(そういえば、あのときも、こんなふうに日が暮《く》れかけていた)

オレンジ色の夕日が燃《も》えるように明るくて、二人の影《かげ》が、かわいた土の上で、ひょろひょろとおどっていた。

(わかりそうだわ!)

ゆうこは立ち止まった。

胸《むね》がいっぱいになって、涙《なみだ》があふれそうだ。

(何か思い出せそうだわ。何か……あっ)

ゆうこは耳をすました。

(だれかが、ささやきかけてくる!)

(光のように、空からふってくる)

ゆうこは全身《ぜんしん》で、それをキャッチしようとした。

ふしぎな空間から、その声はつたわってきた。

「そう! もう少し先! ぼくが眠《ねむ》ってるのは、あの沈丁花《じんちょうげ》の木の根元《ねもと》さ……」

晴れやかな声だ。

少しのよどみもない、清《きよ》らかなひびきだ。

(だれなの?)

(あなたはいったい、だれなの?)

あたりを見まわして、ゆうこはつぶやいた。

チョロがおどろいて、目をあげた。

「聞いた?」

チョロは、おびえたように頭をふる。

「気のせいかしら?」

「気のせいじゃない。たしかに聞こえた」

そう言いながら、ゆうこの目は、あたりの草むらを追《お》ってめまぐるしく動《うご》きまわった。

でも、結局《けっきょく》は、それでおしまいだった。

それ以上《いじょう》もう、ゆうこのインスピレーションは何もキャッチしなくなった。

ふしぎとの遭遇《そうぐう》は、それっきりとだえてしまったのだ。

ビジョヤナギのむこうに、こんもりとした黒土の層《そう》があった。

だれかが、そこをくずして土を運《はこ》んだらしい。

モッコがひとつ、置《お》きわすれられている。

ひんやりした、いいにおいのするしめった土……シロを埋《う》めるなら、ここだ。

さらさらと、土を手でかいた。小さな芽生《めば》えが、ぽろっとこぼれおちた。

春に芽生えた沈丁花《じんちょうげ》だ。

ゆうこは、あわてて、その芽生えをもとのところに埋めもどした。

それから、シロを寝《ね》かせるために土を掘《ほ》った。

いくらやわらかな土でも、ゆうこたちにとって大仕事《おおしごと》だった。

それに、さらさらした黒土の層は、上の方だけですぐにおわって、じきに粘土質《ねんどしつ》の赤土が顔を出した。

「無理《むり》ね。スコップか何か、さがしてこないと……」

ためいきをついたときだ。

軽《かる》い足音がして、だれかがやってきた。

「シーッ」

ゆうことチョロは息《いき》をひそめた。

黒い影《かげ》が、背後《はいご》からするっとのびてきた。

「だれだろう？」

脈《みゃく》が、こめかみのところでズキズキ鳴った。

「犬を埋めるんだね……」

思いがけず、静《しず》かな声がした。

ふりむくと、中学生ぐらいのお兄さんが、ゆうこたちを見下ろしていた。

（あれ？）

ゆうこは考えこんだ。

（知ってる。このお兄さん、どこかで会ったわ。どこかしら？　ああ、思い出せない！）

そんなゆうこをうながして、お兄さんはスコップを持《も》ち上《あ》げた。

「さあ。どいて……おれがやるよ」

土を運んでいたのは、このお兄さんだったのだ。

サクッ、サクッ……お兄さんは、土を掘りはじめた。

白木綿《しろもめん》の短《みじか》いたもとが、リズミカルにゆれる。

「あっ、そうか！」

それを見ながら、ゆうこは思った。
（このお兄さんは、お寺の小僧《こぞう》さんなんだわ）
お兄さんは、じきに土を掘《ほ》りおえた。
「お参《まい》りしよう……」
シロを穴《あな》に横《よこ》たえ、お兄さんは、両手《りょうて》を合わせた。
チョロもゆうこも、ひざまずいた。
シロのお葬式《そうしき》だった。
お兄さんは、口の中で小さくお経《きょう》をとなえた。おぼえたてのお経かもしれない。
「シロ！　眠《ねむ》ってね」
涙《なみだ》があふれて、たまらなかった。
ひっきりなしにチョロは、しゃくりあげている。
いつまでたっても涙はとまらなかった。
泣《な》けば泣くほど、悲《かな》しくなるものだ。
おしまいには、みんなで、わあわあ、大声を立てて泣いた。
お兄さんも、いっしょに泣いた。

「花をとってこよう」

かすれ声で、お兄さんが言った。

小走りにお兄さんは、お寺のへいのむこうに消《き》えて、すぐにもどってきた。

あふれるほどのコスモスをかかえて……。

それからシロをかざった。

シロの体は花でうずまった。シロは、しっかりと目をとじて安《やす》らかに眠っている。

とてもきれいに見えた。

「シロは、天国に行ける？」

とつぜん、チョロが口をきいた。

チョロが、はっきりとお兄さんにたずねたのだ。

「行けるとも！」

お兄さんが答えた。

「お経を言ったからだね」

泣きはらした目で言って、チョロはお兄さんを見た。

「ああ」

短《みじか》くうなずいてお兄さんは、チョロを引きよせた。

「じゃあ、土をかけようか……」

シン、と空気が鳴ったような気がした。

こんなきれいなシロに、土をかけるのは、たまらない。

「いいかい？　みんなで少しずつかけてやろう」

お兄さんが、いちばんにスコップを持《も》った。

さらさらと、黒い土がシロの体にふりかかる。

ゆうことチョロは、いっそう悲《かな》しくなった。

「さあ、ちゃんとして！」

お兄さんは、困《こま》ったようにつづけた。

「泣くなよ。あ、そうだ！」

お兄さんは気がついた、と言うようにあたりを見まわした。

「お墓《はか》だよ。墓石を建《た》てないと……」

「墓石？」

「形のいい石をさがしてこよう。ここにはシロが眠《ねむ》っています、っていう目じるしだよ」

それから、みんなで河原《かわら》へ行って、石をさがした。

石はすぐに見つかった。

水で洗《あら》われた、きれいな石。

「これがいいや」

お兄さんが言ったとき、ゆうこは、ハッとした。

うす青い、なめらかな石……。

白い筋《すじ》が、カスリのようにちって、まん中に雲の形のへこみがある。

なんだか、前にこんな形の石を見たような気がする。

「この石……」

口ごもると、お兄さんがふりむいた。

「なんだい?」

「あたし、この石、知ってるわ。前にどこかで見たような気がする……」

「この石をかい?」

気にも止めずに、お兄さんは言った。

「どこにだってあるさ、こんな石……じゃ、この石ふたりで持《も》って！　ぼくはこっちを運《はこ》ぶ」

お兄さんは、さすがにウンウン言いながら、似《に》たような形のもっと大きな石を運びはじめた。石は思ったより、ずっと重《おも》い。

「だめだ」

どすんと石を投《な》げ出《だ》して、お兄さんは言った。

「無理《むり》だね。モッコをとってこよう」

それからは楽に作業《さぎょう》が進《すす》んだ。

三人で、砂《すな》の道をモッコで引っぱりあげて……。

ていねいに墓石《はかいし》を建《た》てた。

大きなほうをしっかりと土に埋《う》めこみ、小さいほうをうまく重《かさ》ねて。

りっぱにできたシロのお墓。

「そのうち、セメントでかためてやるよ」

できばえに、満足《まんぞく》したようにお兄さんが言った。

「あっ、たいへん！」

お兄さんは、あわてて時計《とけい》を見た。

「時間だ！　鐘《かね》を鳴らさないと……」

「鐘……なんの？」

「おつとめなんだ。いそがないと、住職《じゅうしょく》さまにしかられる」

すそをひるがえして、お兄さんは走りだした。

へいのむこうに消《き》えるとき、お兄さんはふりむいて、大声をはりあげた。

「聞いてろよぉー！　今夜の鐘はシロのために鳴らすからなぁー！」

「えっ、なんの鐘ぇ——？」

「六時の鐘だよー！　六時の鐘はシロのために鳴らす……」

みなまで言わずに、お兄さんはへいのかげに消えた。

「六時の鐘……」

ゆうこはドキッとした。

「六時の鐘……」

めまいを感《かん》じて、ゆうこはしゃがみこんだ。

「六時の鐘……あのときも鳴っていた。鳴っていたわ！　お坊《ぼう》さまが鐘つき台にのぼっていって……」

とぎれとぎれに記憶《きおく》がもどっていく。

お兄さんのことばが耳元でがんがんひびく。

お兄さんの顔が、あのときのお坊《ぼう》さまの顔とだぶる。

「そうだ！　なぜ気がつかなかったのかしら……」

ゆうこは飛《と》び上《あ》がった。

（わかった。ゆうこ！　鐘よ、鐘よ、あのときも六時の鐘が鳴っていた。あの鐘がいまも鳴りつづけている）

つきあげる思いを、ゆうこは必死《ひっし》になって受けとめた。

謎《なぞ》がとける。すべての謎がとけていく。

「さあ、いそいで！」

ゆうこはチョロの手を引っぱった。

「行くのよ、チョロ。いっしょに行くの！」

「木よ！　あの木にのぼるの！　あの鐘が鳴りおわらないうちに、あの木にのぼるの」

静《しず》かに鐘が鳴りはじめた。

シロのめい福《ふく》を祈《いの》るように……。
夕ばえの空の下、しみとおるような鐘《かね》の音色《ねいろ》が波紋《はもん》のように広がっていく。
ごおーーん！
ゆうこたちは、木の下に立った。
ざわざわと重《かさ》なり合って、ざわめく葉《は》っぱ。
まがりくねった幹《みき》。
「そう！　とてもよく知ってるわ……」
ゆうこは木にすがりつき、ほおずりした。
このにおい。この感触《かんしょく》。
くぼみに足をかけて枝《えだ》にのぼった。
下から順《じゅん》じゅんに……そう、いつものように……。
（うまいわ、ゆうこ。落《お》ちついて……だめよ、足がふるえてるじゃないの）
夢中《むちゅう》になってのぼっているうちに、ゆうこはハッとした。
「チョロは？」
木の下でチョロは青い顔をして、ゆうこを見上げている。

「何をしてるの？　チョロ。時間がないのよ！」

ほっぺたがひきつった。

本当にいそがないと！

……ごぉーーん……。

またひとつ、鐘が鳴った。いくつめの鐘かしら？

どうしたのだろう、チョロは……小さな口をあけ、あっけにとられたように立ちすくんでいる。

「早く！　チョロ、のぼるのよ。何をぐずぐずしてるのよ」

やきもきしながら、ゆうこは叫《さけ》んだ。

やっとのことでチョロは、枝に手をかけた。

はだしの足をはずませ、ぐーんと幹にとりついた。

もうだいじょうぶ。

「オーケーだわね」

念《ねん》を押《お》して、ゆうこも先をいそいだ。

五つめの枝まで、どうしてものぼりたかった。

枝《えだ》のくぼみに腰《こし》かけて、最後《さいご》の鐘《かね》を聞きたかった。
そうすれば帰れる。
おばさんのうちに帰れる。
ゆうこはわかっていた。
なぜだかわからないけれど、そう信《しん》じていた。
五つめの枝にうつりおわって、ゆうこは、むきをかえた。
「チョロ！」
そう、チョロに手をかすために……。
枝の上に腹《はら》ばいになって、手をのばした。
「ほら、もう少し……」
まさぐりあった。チョロの手がふれた。

チョロの手。

小さなかわいい手。

ゆうこは、力いっぱい、その手をつかんで持《も》ち上《あ》げようとした。

「ほら、がんばるのよ、チョロ」

そのときだった。

ゆうこはギクリとして、その手をひっこめた。

ないのだ！

つかめないのだ。チョロの手が！

二度《にど》、三度。ゆうこの手は宙《ちゅう》をまさぐった。

チョロの手が……ついそこに、チョロの手が見えているのに、その手をつかむことができない。

「お姉ちゃーん……」

「チョロ！」

「お姉ちゃーん……」

悲《かな》しそうな声が、助《たす》けをよんでいる。

「チョロ！」

「お姉ちゃーん……」

「お願《ねが》い！　つかんで、手をつかんでよ。チョロ、チョロったらあ！」

叫《さけ》びながらゆうこは、ふとみょうな気分におそわれた。

貧血《ひんけつ》を起《お》こしたときのように、目の前が暗《くら》くなっていく。

（いけない！）

思う間もなく、あたりがふわーっとゆれた。

へなへなと、まわりの景色《けしき》がへしゃげて、こわれたテレビの画面《がめん》のようにみだれだした。

ゆうこは、あっと叫《さけ》んだ。

いったい、なんということだろう。チョロが、チョロの姿《すがた》が、かげろうのようにゆらめいて、うすくなっていく。

ペナペナと、セロハンのようにすきとおって、セピア色の世界《せかい》にしずんでいく。

「チョロ！　チョロ！　チョロ！」

ゆうこは泣《な》きながら叫んでいた。

叫びながら、自分の声を聞いていた。

その声は、とても遠くから聞こえていた。

どこか、別《べつ》の世界の人の声のように。

そして……いつの間にか消《き》えてしまった。

そして……。

……ごおーーん……。

お寺の鐘《かね》が鳴った。六時の最後《さいご》の鐘だ。

気がつくと、ゆうこは木の上にいた。

なぜ、自分が木の上にいるのか、しばらくの間、ゆうこはわからなかった。

ポカンとしたまま、ゆうこは何かを思い出そうとしていた。

長い長い夢《ゆめ》を見たような気がした。

おそろしく長い夢だ。

ひと口では、とても説明《せつめい》できないような複雑《ふくざつ》な筋書《すじが》きだった。

ゆうこは目をつぶり、池にちった木《こ》の葉《は》をつづり合わせるようにして、なんとか夢の中身《なかみ》をさぐり出そうとした。

そうすることが、とても大切なことのように思えたからだ。

が、ゆうこはじきに、その努力《どりょく》をやめてしまった。

ジグソーパズルの細かい紙片《しへん》のような、あやふやな記憶《きおく》をつなげることは、不可能《ふかのう》だった。


ためいきをつき、いそいで気をかえるように、ゆうこは遠くを見た。

いつもの見なれた光景《こうけい》が、ゆうこをつつむように広がっている。

竜雲寺《りゅううんじ》さんの美《うつく》しい庭《にわ》。

庫裏《くり》のむこうのひょうたん池。

その先に広がる、にぎやかな町の雑踏《ざっとう》。

おばさんの家にくるたび顔を出す、アイスクリームショップも見える。

チョコ。ペパーミント。ストロベリー。オレンジ。ナッツ&《アンド》バナナ。フリール。

ごきげんなアイスが、三十種類《しゅるい》もならんでいる。

そのとなりはブティック……ブランドもののテニスウエアの専門店《せんもんてん》だ。

ファストフードのチキン屋《や》さん……ゆうこのおこづかいでも気軽《きがる》に食べられる便利《べんり》なお店だ。

ななめむかいのポム・ド・テエルは、おばさんの好《す》きなフランス料理《りょうり》だ。
デザートの洋梨《ようなし》のクラフティときたら、ほっぺたが落《お》ちるほどおいしい。
「おいしい？　そうだわ！」
おなかがペコペコだった。
思わずポシェットに手がいった。
チョコでまんぱいだ。
バレンタインデーのお返《かえ》しに、ゆうすけくんからもらったキスチョコレート。
十二歳《さい》の誕生日《たんじょうび》にもらった大事《だいじ》なチョコレート。
ぽこっと口に入れると、ほろにがい甘《あま》さがいっぱいに広がった。
味《あじ》わいながら、ふとスカートに目がいって、ゆうこはふしぎな気になった。
いつもはいている安《やす》もののキュロットが、なんだかとても新鮮《しんせん》に思えたから。
（なぜかしら？）
ゆうこは首をかしげた。
夢《ゆめ》の断片《だんぺん》が、頭のすみにこびりついてふるえている。
「なんだったのかしら？　あれは……何か、何か思い出せそうな気がするのに……」

ひとりごとを言いながら、ゆうこは遠くを見た。
鐘《かね》つき堂《どう》から、お坊《ぼう》さまがおりていくところだ。
いつものように鐘を鳴らしおえ、足ばやに庫裏《くり》の方へと歩いていく。
ゆうこが、よく知っているやさしいお坊さまだ。
その姿《すがた》を目で追《お》いながら、ゆうこはハッとした。
(お坊さま――そして、鐘!)
胸《むね》がドコドコ鳴った。
はやる心をおさえながら、ゆっくりと目を下の方にうつしていく。
空き地に根をはる大きな沈丁花《じんちょうげ》の木。
(この木……沈丁花!)
「そうだ、あのときの!」
あざやかにゆうこの記憶《きおく》がよみがえった。
シロのお墓《はか》をつくるときに、ぽろんと落《お》ちた小さな芽生《めば》え。
やわらかな黒い土に、ゆうこが埋《う》めもどしてやった、あの芽生え。
「たしか、あのかげだわ」

あった！　かわった形のあの石が見える。

ゆうこは、ころがるようにして木からおりた。

沈丁花のしげみをかきわけ、石の前に座《すわ》りこんだ。

「この石だわ」

つぶやきながら苔《こけ》をかきおとした。

青みをおびたまるい石――ところどころに白い筋《すじ》があって、雲の形のへこみがある。

「知ってるわ、この石！」

こきざみに体がふるえた。

「これは、あの石よ。あのとき、みんなで見つけた河原《かわら》の石だわ。

チョロ、お兄さん、あのときの鐘！　シロのために鳴らしたあの鐘……」

頭の中で、ピアノがガンガン鳴っていた。

ラフマニノフが、ショパンが、キース・ジャレットの即興曲《そっきょうきょく》が……。

「シロのお墓《はか》なんだわ、これはシロのお墓だったのよ」

ゆうこは耳を押《お》さえて、フラフラと立ち上がった。

「ゆうこ！　ゆうこちゃん……」

どこかで声がした。倒《たお》れそうになる体をだれかがささえてくれた。

おばさんだった。ゆうこはおばさんの胸《むね》にしがみついた。

「おばさん、おばさん、この石はね、こ、この石は……」

「この石?」

ゆうこをしっかりとだきとめ、おばさんは言った。

「前にもあなた、この石のことを聞いたわね」

大きく息《いき》をついておばさんはつづけた。

「あれから何度《なんど》も話そうと思った。でも……話せなかった。一生、秘密《ひみつ》にしておくつもりだった。ところがなぜかしら、いまはなんだか話したいの。みんなあなたに言ってしまいたい……」

いっそう声を低《ひく》くしておばさんは話しはじめた。

「ずっとむかし戦争《せんそう》があったの。だれもかれもが傷《きず》ついて、だれもかれもがみじめだったあの時代《じだい》……一人のみなし子が犬を飼《か》ってたの。シロって名の、それは賢《かしこ》い犬だったわ。その子はシロが大好《だいす》きだった。本当に死《し》ぬほど好きだったの。なのに女の子はシロを死なせてしまった……」

深《ふか》いためいきをつき、おばさんはつづけた。
「これはね、その犬のお墓《はか》なのよ。きょうは、その犬のお命日《めいにち》で……」
おばさんの声が、蚊《か》のうなりのようにひびく。
ゆうこはうわの空で立っていた。
(みなしご)(シロ)(ずっと昔《むかし》……)
きれぎれなことばが、胸の中でおどる。
(もしかして、もしかしておばさんが……チョロ……)
目の前でコスモスの花がゆれている。
おばさんがシロのお墓にひざまずいている。
西日がおばさんのうなじを照《て》らし出《だ》している。
ゆうこは声も出せずにおばさんのうなじを見つめた。
いたいたしい、やけどのあとがいまでも消《き》えないおばさんのうなじを……。
ゆうこは思った。
〝世《よ》の中《なか》って、波《なみ》みたいなものだわ。
大きな波や小さな波があって……

わたしたちは、波《なみ》の上をただよっているチリのようなものかもしれない。

いま、わたしは大きな波の上に乗《の》っている。

お日さまがあたってて、とても幸《しあわ》せな波よ。

あるとき波が裂《さ》けて、わたしはずっと下の世界《せかい》を見てきたの。

そこが、おばさんの世界だわ〟

でも？

ゆうこは首をかしげた。

「おばさんは、なぜ、あんなに明るいの？　親切なの？　ちっともひねくれてないじゃないの」

そのとき、ゆうこは気がついたのだ。

（片腕《かたうで》でがんばっている石やきいも屋《や》のおじいさん）

（ごみ置《お》き場《ば》の掃除《そうじ》ボランティアのアパートのおばあちゃん）

（スーパーの駐車場《ちゅうしゃじょう》せいりをパフォーマンスでやる陽気《ようき》な名物おじさん）

（いつかゆうこに、手あみの手袋《てぶくろ》をくれた老人《ろうじん》ホームのやさしいお年寄《としよ》り）

（やってるのよ、みんな！）

ゆうこは叫《さけ》びそうだった。

「おばさんだけじゃない。みんながんばってきたんだ。幸せな波に乗るために……いいえ、あたしたちを乗せるために！」

ガン、と頭をなぐられたような気がする。

「負《ま》けちゃいられない！」

ゆうこは飛《と》び上《あ》がった。

（そうだ、父さん！）

弱気な父さんの顔がうかんだ。アルコールにおぼれる気《き》の毒《どく》な父さん。母さんを亡《な》くしてすっかりかわった。

不意《ふい》に涙《なみだ》が出そうになった。

（父さんだってきっと……きっと努力《どりょく》してるのよ）

やさしい思いがゆうこの胸《むね》でふくらんだ。

「わたし、やってみる！　父さんと二人でやり直してみる。たった一人の父さんですもの……」

ゆうこはかけだした。

風がゆうこをつつむ。

ポシェットの中ではゆうすけくんにもらったキスチョコがシャカシャカ軽《かる》い音を立てていた。

あとがき

「ぜいたくはすてきだ」という最初の章のタイトルから、私たちの世代は戦争中の「ぜいたくはてきだ（敵だ）」という標語を思い出します。

私たちの世代は、戦争の末期に小学校の高学年から中学校の低学年で、戦争に行かなくて良かったという意味では幸せな世代でした。

戦争に行った人たちは、人を殺し、残虐行為《ざんぎゃくこうい》を行い、あるいは敗け戦に苦しみ飢《う》えと戦い、その挙句《あげく》多くの人が帰ってくることが出来ませんでした。

一方私たちの世代は、軍国主義の教育を受けて初めは強がりを言っていましたが、国内で激しい空襲を受け、さらに戦中戦後に極端な物資の不足、食糧難に痛めつけられ、「ぜいたく」どころではありませんでした。

私たちにとって戦争といえば第二次世界大戦で、その後日本では戦争は無く幸せな時代が続いていますが、反面、平和の尊さは忘れられかけています。

戦争に行った人たちの記録とともに、行かなかった私たちの体験を後の世代に伝えることは、私たちの義務と考え、若い人たちに読んでいただくことを期待してこの本を出版しました。

この本は、一九九〇年に朝日小学生新聞に連載したものを、原文のまま本にしたものです。

井上和衛《いのうえかずえ》

井上夕香《いのうえゆうか》

童話作家。毎日新聞児童小説新人賞、小川未明文学賞優秀賞。読書感想画中央コンクール、読書感想文コンクール等で受賞。『実験犬シロのねがい』『みーんなそろって学校へ行きたい！』『わたし、獣医になります！』『しあわせな動物園』『ムナのふしぎ時間』他著作多数。

エヴァーソン朋子《ともこ》

イラストレーター。書籍、雑誌、広告等の仕事を手がける。主な装画作品に『ムナのふしぎ時間』『ハッピーノート』『日本の伝統色を愉しむ』『日本の大和言葉を美しく話す』『日本の知恵ぐすりを暮らしに』等がある。

六時の鐘《かね》が鳴ったとき
少女たちの戦争体験《せんそうたいけん》

発行日　2016年9月11日　初版第一刷発行
著　者　井上夕香
装挿画　エヴァーソン朋子
発行者　佐相美佐枝
発行所　株式会社てらいんく
〒215-0007　神奈川県川崎市麻生区向原3-14-7
TEL　044-953-1828　FAX　044-959-1803
振替　00250-0-85472
印刷所　株式会社厚徳社

ISBN978-4-86261-126-0　C8093

定価はカバーに表示してあります。
落丁・乱丁のお取り替えは送料小社負担でいたします。
購入書店名を明記のうえ、直接小社制作部までお送りください。